좋아하는 것을
더

좋아하다 보니

박재민 에세이

좋아하는 것을
더
좋아하다 보니

MAL
LANg

프롤로그

이른 아침, 아빠를 찾는 아이의 소리에 눈을 뜬다.

언제부터였을까? 아침이라는 시간이 상쾌함보다는 찌뿌둥함으로 익숙해진 것. 침대에서 내려와 내딛는 첫 발걸음보다 더 무겁게 느껴지는 눈꺼풀을 역기 들듯이 들어 올리며 아이를 향해 다가간다.

"응, 딸! 일어났어?"

"아빠, 놀자!"

아이의 첫마디는 언제나 "놀자"이다. 일어나자마자 어떻게 그렇게 부팅이 빠를 수 있는지…… 아이는 눈을 뜨고서 1분도 지나지 않았는데 침대 위에서 뛰고 소파에서 뛰고 의자 위에서 뛰고 거실과 복도 사이를 달린다.

"아빠, 같이 놀자!"

마치 감독님이 휘슬을 불면 농구 코트를 왕복으로 달렸던 선수 시절처럼, 아침부터 나는 아이의 구령에 맞춰 감정을 최고치로 끌어 올린다. 그리고 아이와 한 몸이 되어 놀기 시작한다.

"재미있어!"

내가 뭘 해도 딸아이는 재미있다고 한다. 놀다가 힘이 들어서 지칠 만도 한데 재미있다고 또 하자고 한다. 나와 놀기를 좋아하는 우리 딸. 아빠로서 나는 아이가 좋아하는 것을 눈치 보지 않고 마음껏 할 수 있는 환경을 만들어주고 싶을 따름이다.

언제부터였을까? 좋아하는 것을 마음껏 좋아하는 것이 쉽지 않은 나이가 되었다. 나도 분명 좋아하는 것이 많았는데……. 언제부터인가 좋아하는 것들을 하는 데 허락이 필요해졌다. 때로는 가족의, 때로는 조직의, 때로는 사회의, 때로는 스스로의 허락이 요구됐다. 돈을 벌어야 해서, 가족을 챙겨야 해서, 회사에 나가야 해서 혹은 내가 민망해서……. 좋아하는 것, 재미있는 것이 있으면 무작정 뛰어들었던 예전의 삶은 기억이 나지 않을 정도로 '마음껏 좋아해보는 것' 자체가 어색해졌다.

예전에는 뭘 하고 놀았지? 아마 모든 어른이 한 번쯤은 이런 생각을 해봤을 거다.

누구나 다양한 보따리를 갖고 태어난다. 그 보따리 안에는 여러 가지 재능과 관심사가 있다. 찬란하게 빛나는 우리의 보따리는 어쩌면 사람이 사람다울 수 있는, 내가 나다울 수 있는 가장 큰 선물일지도 모르겠다. 하지만 우리는 성장하면서 자의로 혹은 타의로 그 보따리들을 하나씩 떼어낸다.

사회는 종종 성장을 진로 결정이라는 의미로 사용한다. 불필요한 것들을 걷어내고, 한 가지 진로에 집중해서 확고한 미래를 향해 나아가는 것으로 성장의 단계를 구분한다. 사회의 요구에 맞춰 우리는 점점 진로와 상관없는 보따리들을 폐기한다. 처음에는 능숙하지 않았던 폐기의 절차도 점점 쉬워진다. 그렇게 우리는 이 사회의 어른이 된다.

"하고 싶은 것만 하면서 어떻게 살겠어. 괜찮아. 익숙해져야지."

누군가는 그렇게 말할 수도 있다. 그 말이 맞다. 하고 싶은 것만 하면서 살 수는 없다. 종종 희생도 해야 하고, 투자도 해야 한다. 꽤 자주 실패와 패배를 맛보기도 한다. 좋아하는 것만 하면서 살 수 있는 능력은 우리 대부분에게는 허락되지 않는다. 하지만, 하지만…… 좋아하는 것만 하면서 살 수는 없어도…… 좋아하는 것을 더 좋아할 수는 있지 않을까? 인생이라는 커다란 파도에 휩쓸리면서 하루하루를 살아도 좋아하는 것만큼은 내가 원하는 만큼 좋아할 수 있지 않을까? 좋아하는 것을 더 좋아하는 마음으로 어느새 사라진 내 보따리를 다시 풍족하게 할 수 있지 않을까? 꽉 차 있는 그 보따리들을 보면 내 삶은 더 든든해지지 않을까?

"아빠! 한 번 더 해주세요!"
"그래, 얼마든지! 네가 좋아하는 것이라면 얼마든지

해줄게. 네가 행복한 모습을 보면 아빠도 행복해."

　좋아하는 것을 더 좋아하려고 노력하는 아빠의 모습을 보여줄 수 있게, 나를 보며 아이도 그렇게 살 수 있게, 서랍 속에 넣어뒀던 보따리들을 들여다본다. 그리고 그 보따리 속 이야기들을 세상 밖으로 꺼내본다.

차례

3부 ┃ 무조건 해보는 수밖에!

1부

좋아하는 것을
더
좋아하기 위하여

오늘도
두려움을 향해
돌진!

스노보드 선수에게 전지훈련이란 다음 시즌의 밥상을 잘 차리기 위한 기회다. 겨울이 짧은 한국 선수들에게는 필수적인 훈련 일정이기도 하다. 스키나 스노보드를 탈 수 있는 기간이 12월에서 3월까지 고작 90여 일 정도인 우리나라 선수들은 눈 상태가 훈련하기 어려워질 정도로 나빠지는 3월부터는 유럽으로 그리고 여름에는 남반구의 뉴질랜드로 반드시 전지훈련을 하러 간다. 스노보드 선수로 활동하던 나에게도 전지훈련은 실력을 빨리 올리기 위해 가장 중요한 일정이었다. 물론 그 핑계로 뉴질랜드라는 나라를 경험하고 싶은 마음이 더 컸지만……. 어쨌거나 훈련을 한다는 명목으로 부모님께 허락을 받아냈다.

서울의 낮 최고 기온이 34도를 웃돌던 7월의 어느 날, 스노보드 두 대와 보드복, 보드 부츠를 들고 뉴질랜드로 떠났다.

"이렇게 무더운 여름에도 진짜 뉴질랜드에는 눈이 있을까?"

고등학교 지구과학 시간에 북반구가 여름일 때 남반구는 겨울이며 7월에 뉴질랜드에 가면 눈이 있다고 배우기는 했지만, 그렇다고 7월에 내리는 눈을 직접 본 것은 아니었다. 그렇게 의심 반, 호기심 반으로 뉴질랜드행 비행기에 몸을 실었다. 꽤 긴 시간이 지나고 드디어 비행기 창문 너머로 뉴질랜드 공항이 모습을 드러내기 시작했다. 그 순간, 고등학교 때 나를 혹독하게 가르쳐주셨던 지구과학 선생님을 떠올리지 않을 수 없었다.

"선생님은 역시 모든 것을 알고 계셨군요……."

그렇다. 겨울이었다. 입김이 휘어 나오는 진짜 겨울이었다.

코치님과 나는 뉴질랜드 남섬의 카드로나 스키장으로 향했다. (뉴질랜드는 북섬과 남섬으로 이루어져 있다.) 그 당시, 코치님은 훈련도 중요하지만 이곳에서 쌓는 추억도 무엇보다 중요하다고 가르쳐주셨다. 정말 내가 추억을 쌓길 바라셨던 것인지, 코치님이 그러고 싶으셨던 것인지는 모르겠지만, 현지에서 우리는 훈련 외의 시간에는 트레킹도 하고 박물관도 가고 동네 구경도 열심히 하면서 참 많은 추억거리를 만들었다.

그러던 어느 날, 숙소 근처에서 스카이다이빙 사무실을 보게 되었다. 하늘에 떠 있는 듯한 사람의 사진이 걸린 사무실 입구는 생경하기 그지없었다.

"스카이다이빙이라니……. 훗."

웃어넘기던 나……. 하지만 기어코 어느 날, 나는 경비행기에 몸을 싣고 하늘을 향해 날아 올라가고 있었다.

"스카이다이빙이라니, 스카이다이빙이라니……!!!"

귀신에게 홀려도 단단히 홀린 것 같았다.

아마도 텔레비전을 통해 나를 보았던 분들이라면 '뭐가 이상하다는 거지?'라고 생각을 할 것이다. 고백하자면…… 나는 놀이기구를 타지 못한다. 신체적인 결함이 있어서가 아니다. 무서워서다. 정말이지 너무 무섭다. 그동안 쌓인 나의 이미지로는 함박웃음과 함께 주저 없이 뛰어내릴 것 같겠지만, 실제의 나는 비행기 고도가 올라갈수록 자신감이 떨어지고 있었다. 몸이 점점 굳고 말수가 줄었다.

누가 봐도 분명히 나는 겁을 먹고 있었다. 바람 소리와 비행기의 프로펠러 소리에 묻혔지만 신음을 내고 있었고, 강사가 씽끗 웃으며 나에게 보내는 단단한 '엄지 척'과 달리 내가 뻗은 엄지손가락은 흐물흐물했다.

목표한 고도에 도달하자 강사는 내가 겁에 질린 것을 알고 일부러 더 그런 것인지, 또 한 번 씩 웃었다. 그리고…… 나의 사고 회로가 미처 작동하기도 전에 비행기의 미닫이문을 드르륵 열어젖혔다.

"와, 씨……."

어차피 한국말을 하는 사람은 나 혼자라는 안도감 때문이었을까, 나도 모르게 탄식이 입술 주름 사이로 튀어나왔다. 비행기 밑 드넓은 초원에는 뉴질랜드 인구보다 열 배

이상 많다는 양들이 무리를 지어 움직이고 있었는데, 얼마나 높이 올라온 건지 그 모습이 너무 까마득하여 초원 위에 얹어놓은 크림처럼 비현실적으로 보였다. 신기함, 두려움, 기대감을 느낄 틈도 없이 나와 단단하게 결속된 강사는 한 번에 나를 비행기 출입구 가장자리까지 밀어냈다. 세상에……. 내 발밑에는 덩어리가 되어 움직이는 양 떼 말고는 아무것도 없었다. 심지어 너무 멀어서 처음에는 양 떼인지도 못 알아봤단 말이다.

"아니요, 잠깐만요……!!!"

어차피 한국말을 못 알아들을 것을 알면서도 난 왜 "잠깐"이라고 외쳤던 것일까. 하지만 다가올 운명은 내가 정한 거였다. 내 발로 스카이다이빙 사무실 정문으로 걸어 들어갔고 직접 등록하고 돈을 냈다. 누구도 이 상황을 강요하지 않았는데, 스스로가 한 선택에 덜덜 떨고 있는 이 역설적인 모습이란…….

비행기 난간에 서서 휴지 조각처럼 나풀대는 육신과 정신의 갈피를 못 잡고 있던 그 순간, 비행기 벽에 쓰여 있는 한 글귀가 눈에 들어왔다.

'겁먹지 마. 설사 겁먹었다 해도 티 내지 마. 그 누구도 네가 겁먹은 것을 알아차리지 못할 거니까. ─ 잭슨 브

라운 주니어'

대체 누가 이따위 헛소리에 용기를 얻는다는 말인가?
그건 바로 나.

"그래. 이 사람들이 궁예처럼 관심법을 쓰지 않는 이
상 내가 겁먹은 걸 아무도 모를 거야. 어차피 지금까지 다
한국말로 소리 질렀으니 못 알아들었을 거야. 즐기는 척을
하자."

나는 강사를 향해 미소를 지어 보이며 엄지를 치켜세
웠다. 맙소사, 그깟 문구 하나에 이렇게까지 뻔뻔해질 수
있다니.

그 순간, 마치 약속이나 한 것처럼 갑자기 강사가 나를
비행기 바깥으로 밀어버렸다. 아니, 던져버렸다는 표현이
더 정확할 것 같다. 이봐요, 엄지 척은 준비가 되었다는 뜻
이 아니라고요……!

"&^%#@#&*&(&%$$#%$%&^)(*&!!!!!!!!!!!"

문구 하나에 용기를 얻었다는 것은 새빨간 거짓말이
었다. 놀이기구를 타는 것조차 싫어하는 내가 수 킬로미
터 상공에서 땅을 향해 곤두박질치고 있는데 겁이 안 날 리
가 없었다. 극한의 순간이 되면 뇌가 갑자기 100퍼센트 가
동되기라도 하는 것일까. 어마어마한 공기저항에도 불구

하고 머릿속에서는 뉴턴의 제2 법칙에 따라 중력가속도 $9.8m/s^2$로 자유낙하를 하는 내가 만일의 경우에 살아남을 수 있는 확률이 계산되고 있었다. 내가 날고 있다니…….

그런데 떨어지는 느낌이 예상과 달랐다. 처음에는 놀이기구를 탈 때의 붕 뜨는 울렁거림과 간질거림이 느껴졌지만, 정확하게 3초가 지나자 그저 밑에서부터 불어오는 강한 바람이 아주 시원하다고 생각될 뿐이었다. 내가 그렇게 싫어하고 무서워했던 떨어지는 느낌은 나지 않았다. 자유낙하에 의해 느껴지는 공기저항은 시원하다 못해 경쾌했고, 어느 순간부터는 비명을 지르지 않았다. 마치 공중에 멈춰 있는 것처럼 아주 편안했고, 양 떼 너머로 뉴질랜드의 광활한 대자연이 눈에 들어오기 시작했다. 이렇게 멋진 광경을 놓치고 있었다니!

사람이 겁을 먹지 않을 수 있을까? 아마도 겁이 없는 사람은 이 세상에 단 한 명도 없을 것이다. 두려움은 인간의 주요 본능 중 하나다. 익숙하지 않은 상황에 부닥쳤을 때, 생존력을 높이기 위해 경각심을 일깨우는 일종의 경보 같은 것이다.

낯선 것을 시도하다 보면 누구에게나 처음 맞닥뜨리는 상황이 찾아오게 되고, 익숙하지 않은 상황이 닥치면 누구나 겁을 먹는다. 영화 〈쿨 러닝Cool Running〉의 등장인물 율 브레너는 차별을 받는 것에 이골이 난 동료에게 이런 이야기를 한다.

"그들은 우리가 두려운 거야. 우린 다르거든. 사람들은 언제나 다른 것에 대해 두려움을 느끼지."

두려움이라는 것은 생존 확률을 높이기 위한 본능일 뿐인데, 우리는 종종 이 감정에 무릎을 꿇고 도전을 회피하거나 중단한다. 중요한 것은 겁을 먹지 않는 것이 아니라 두려움을 받아들이는 방법이다. 두려움을 느끼는 것은 결코 부끄러운 것이거나 패배하는 것이 아니다. 이는 누구나 겪는 당연하고 자연스러운 현상이다.

그러니 마음껏 두려워해도 된다. 굳이 그것을 표현하고 티 낼 필요는 없을 뿐. 겁먹지 않은 척하라는 뜻이 아니다. 두렵다면 중간에 잠시 멈춰도 되니, 겁먹은 것을 표현할 필요는 없다는 것이다. 그저 무덤덤하게, 그저 평소처럼, 그렇게 한 걸음을 내딛는 것이 진정한 도전이 아닐까.

도전에 있어 두려움이란 극복해야 하는 요소가 아닌 같이 가는 친구와 같은 존재다. 친한 친구와 함께 있을 때 굳이 좋은 감정을 티 내지 않아도 되는 것처럼 두려움도 같이 가면 된다.

"딱 3초 지나니까 모든 것이 편안해지더라고. 마치 내가 스카이다이빙을 몇 년 연습했던 것처럼 말이야."

스물세 살 때, 우연히 자발적으로(?) 경험했던 극한의 두려움은 나를 근본부터 바꿔놓았다. 두려움은 극복할 수 있는 것이 아니며, 오히려 인정하고 받아들여야 한다는 것을 알게 되었다. 그렇게 했을 때 더 큰 힘을 얻는다는 것도……. 또한, 그렇게 한 걸음을 내딛게 되면 의외로 두려움은 쉽게 사라진다는 것을 깨달았고, 약간의 두려움이 있는 일을 해냈을 때 그 무엇과도 비교할 수 없는 성취감과 쾌감을 얻게 된다는 것도 배웠다. 무엇보다도 두려움을 들키지 않으려는 노력을 통해 이제는 정말로 내가 두려움을 안 느끼는 건지 헷갈릴 때도 생겼다. 즉, 도전이 쉬워졌다는 뜻이다.

나는 이제 당당히 말할 수 있을 것 같다.

겁쟁이들이여, 두려움을 물리치려 하지 말라. 〈쿨 러닝〉에서 말했듯이 두려움은 익숙하지 않기에 생기는 것이다. 익숙해진다면, 두려움은 더는 적이 아닌 함께 가는 친구가 될 것이다. 그러니, 오늘도 두려움을 향해 돌진!

한계는
내가 정하기
나름

"정말, 만능이세요!"

"아, 그게……."

스노보드, 농구, 브레이킹 등…… 누군가는 내 이력을 보고 무엇이든 다 잘한다고 생각할 수도 있겠지만, 사실 나는 단 한 종목의 재능도 타고나지 않았다. 시선을 의식해 으레 하는 겸손의 표현이 아니라 정말로 선수 생활을 했던 종목들을 단 하나도 잘하지 못했다. 처음부터 특출했다면 아마도 부모님께서 성공의 가능성을 보고 열렬히 지원해 주셨을 것이다. 부모님은 역시 선견지명이 있으셨다. 중학교 때 운동선수가 되겠다는 나를 뜯어말리셨으니…….

어릴 적에 꿈을 접은 까닭에 무엇인가 충족되지 않는 헛헛한 마음이 있었던 것일까? 학창 시절 내 방의 벽은 유명 농구 선수들의 브로마이드, 스노보드 선수들의 기사, 브레이커들의 사진으로 빼곡하게 도배되어 있었다. 매일 아침 그들에게 인사하며 집을 나섰고, 등굣길에는 농구공을 튀기며, 점심시간에는 춤을 추며, 겨울방학에는 스키를 타며 시간을 보냈다. 한마디로 취미 생활을 넘어선 마니아였다. 그 정도로 그 종목들이 너무 좋았다. 그리고 좋아하는 만큼 잘하고 싶었다.

여기서 문제는, 앞서 말했지만, 재능이 없었다. 그렇다고 해당 종목들을 전문적으로 배운 것도 아니었다. 선수 경력도 전혀 없었다.

'방법이 없을까?'

잘하고는 싶은데 길이 없었다. 학원이라도 다니고 싶었지만 스노보드도, 농구도, 브레이킹도 학원이 따로 있던 시기가 아니었다. 동호회 활동이 왕성하게 이루어지고 있었지만, 취미 생활에 만족하고 싶지 않았다. 지난 몇 년간의 노력 덕분에 취미 수준이라기에는 나름 실력이 좋았기 때문이다. 더 잘하고 싶었다. 내가 할 수 있는 수준에서 가장 잘하고 싶었다. 그래서 찾게 된 방법이 큰물에서 노는 것이었다.

무작정 프로 브레이킹 팀을 찾아갔다. 중학교 때까지 동네를 벗어난 적이 거의 없는 나에게 집에서 총 한 시간이 걸리는 곳의 연습실을 찾아간다는 두려움은 춤을 잘 추고 싶은 욕구에 견줄 수 없었다. 리더 형님에게 무작정 연습실에 다니고 싶다고, 청소도 하고 심부름도 할 테니 나오게만 해달라고 했다. 그렇게 그 당시 최고의 팀이었던 익스프레션과의 동행이 시작되었다. 그리고 자주는 아니지만 아주 가끔 형들과 함께 배틀이라 불리는 경기에도 나갈 수 있었다.

겨울마다 내 삶의 모든 것이었던 스노보드도 잘 타고

싶었다. 그래서 일단 대한체육회에 선수 등록부터 했다. 그게 그 당시의 내가 할 수 있는 유일한 일이었다. 팀도 없이, 코치도 없이 무작정 선수 등록부터 하다니……. 다른 선수들이 보기에는 정말 괴짜였을 것이다.

선수 등록을 하니 시합에 나갈 수 있었다. 난생처음 경험해보는 대회였다. 복장도, 행동도, 무엇보다도 실력까지 어느 하나 준비된 것이 없었다. 심지어 장비도 준비되지 않았다. 어느 정도였느냐 하면, 스노보드는 종목마다 장비가 다른데 난 내가 어느 종목에 출전하는지도 모르고 완전히 엉뚱한 장비를 들고 갔다. 붓글씨 대회에 만년필을 들고 나간 꼴이랄까.

농구도 잘하고 싶었다. 브레이킹, 스노보드와 달리 농구는 팀이 있어야 했다. 다행히 입학한 대학에 정식 농구부가 있었다. 당연히 가입하고 선수 등록을 했다. 동네에서 농구로 꽤 이름을 날렸다는 자신감으로 첫 연습에 임했지만, 그 자리에 있는 모든 선수 또한 동네에서 혹은 전국에서 이름을 날리던 사람들이었다. 그리고 나가게 된 전국 대회는 말 그대로 우물 밖 세상이었다.

브레이킹, 스노보드, 농구까지……. 내가 좋아서, 더 잘하고 싶어서 무작정 프로 팀에 들어가고 선수 등록을 하고 시합에 나갔지만, 시합에서 맞붙은 상대들은 말 그대로 진짜 '선수'들이었다. 그들은 어릴 때부터 꾸준히 한 우물만 파온 자들이었다. 수많은 피와 땀, 눈물을 흘리며 실력을 향상하기 위해 전문적으로 연습하고 또 연습했던 사람들이었다. 나처럼 취미로 즐겨온 사람이 이길 수 있는 상대가 아니라는 뜻이었다.

와장창.

나는 무참하게 졌고 처참하게 패했다. 관중들이 걱정할 만큼 크게 졌다. 스노보드 시합은 성인에게만 진 것이 아니라 초등학생한테도 졌다. 꼴찌였다. 농구 시합도 무려 5년간 전패를 기록했다. 최선을 다하면 이길 수 있다는 말이 공허하게 나는 코트 위에서 나부낄 뿐이었다. 열정으로 실력을 이길 수는 없었다. 졌다. 지는 것에 익숙해질 만큼 지고 또 졌다.

시합에서 만난 경쟁자들에 비하면 나는 분명 가짜 선수였다. 남이 시켜서 한 것이었다면 일찌감치 포기했을지도 모르겠다. 하지만 내가 좋아해서, 더 잘하고 싶어서 선택한 것이었다. 지고 또 져도, 다시 한번 시합에 나가고 싶었다. 사람들이 나를 보며 무슨 생각을 하는지는 중요하지 않았다. 내가 그렇게 꿈꾸던 '선수 생활(다른 사람들이 말하는 진짜건 가짜건)'을 하고 있지 않은가.

"와! 재미있다!"

재미가 있으니 끈기가 생겼고, 단념하지 않고 연습하니 점차 실력이 오르기 시작했다. 십수 년 동안 선수 생활을 해온 경쟁자들이 정해진 연습만 할 때, 나는 단순히 재미가 있다는 이유로 지치지 않고 남들의 두 배, 세 배 연습했다. 국내 정상급 선수들을 만나며 그들이 경기를 준비하는 과정과 경기하는 장면을 일일이 메모하기 시작했다. 그들의 버릇, 루틴, 특징, 경기 운용 방법, 장비와 간식 종류까지……. 잘하는 선수들과의 경쟁에서 이기기는 쉽지 않았지만, 그들과 같은 공간에 있다는 것 하나만으로도 보고 배울 것이 너무나도 많았다. 계속해서 동네 수준에 머물렀다면 경험하지 못했을 것들이었다. 무엇보다도 그들과 달리 나는 성적에 대한 스트레스가 없었다. 나에게 시합은 '전문적인 취미'였기 때문이다.

노력이 빛을 보기 시작한 것일까? 성적이 오르기 시작했다. 운이 좋은 날은 전국 대회에서 금메달을 따기도 했다. 정상급 선수들에게는 여전히 졌지만, 분명 다른 아마추어에 비해 성공하고 있었다.

실제 시합에 나가 경기를 하고 실력을 쌓다 보니, 또 다른 길이 눈에 들어오기 시작했다. 그래서 심판 자격증을 땄다. 내가 너무나도 좋아했던 브레이킹과 스노보드의 국제 심판 자격증, 농구의 국내 심판 자격증은 취미 생활을 더욱 전문적으로 즐길 수 있게 해주었다. 세계 최고의 심판들이 어떻게 판정하는지 직접 보고 느낄 수 있었다. 그렇게 진심을 다해 발을 담그자, 각 종목의 협회에서 이사 혹은 위원장을 할 기회가 왔다. 그런 인연으로 해설 위원까지 하게 됐다.

메기 효과라는 말이 있다. 노르웨이의 한 어부가 정어리 수족관에 메기를 집어넣은 데에서 유래한 경제 용어다. 정어리는 노르웨이, 스웨덴, 핀란드 등 북유럽에서 많이 잡히는 어종인데, 아주 예민한 성격 탓에 잡더라도 항구에 도착하기 전에 대부분 죽는다. 살아남은 정어리들은 식감이 아주 좋아서 높은 가격에 팔리기 때문에 과거 북유럽 어부들의 최대 관심사는 바다에서 잡은 정어리를 온전히 항구까지 운반하는 일이었다. 정어리를 살아 있는 상태로 운반하는 기술을 보유한 어부가 노르웨이에 딱 한 명 있었는데, 그가 사망한 후에야 비법이 알려졌다. 바로 수족관에 메기를 집어넣는다는 아주 단순한 방법이었다. 정어리가 가득 담긴 수족관에 천적인 메기를 넣으면 정어리들이 잡아먹힐 것 같지만, 그렇지 않았다. 오히려 정어리들은 생존을 위해 꾸준히 움직여 항구에 도착할 때까지 살아남았다. 이 일화에서 유래된 '메기 효과'란 말은 생존이 걸린 상황에서 최대한의 잠재력을 발휘한다는 뜻이다.

메기를 만난 정어리가 살기 위해 더 열심히 헤엄을 쳤던 것처럼, 나 또한 스스로를 메기 앞에 놓고 배 속 수족관을 마음껏 누비고 다녔다. 더 강한 경쟁자를 만나며 내가 도달할 수 있는 최고의 수준에 올라섰다. 다다를 수 없을 것만 같았던 지점에 도착하고 나서야 알게 된 사실은, 한계는 내가 정하기 나름이라는 것이었다.

주변 사람들에게도 이왕 취미를 가질 거면 전문적으로 해보라고 말한다. 초보자라도 마음만은 전문가처럼 가지다 보면, 똑같은 시간을 투자해도 더 나은 결과가 나온다고 믿는다. 내가 좋아하는 것을 더 좋아할 수 있다면, 그래서 더 잘할 수 있다면, 그보다 더 재미있고 뿌듯한 일이 있을까. 비록 경기에서 패배하더라도 말이다.

여전히 나는 많이 지고 또 진다. 내가 연습하고 실력을 키우는 만큼 다른 선수들도 더 훈련하고 능력을 쌓기 때문이다. 하지만 좌절하거나 패배감에 휩싸이지 않는다. 난 내가 좋아하는 것들을 조금 더 잘하고 싶은 것뿐이지, 경쟁에서 이기고 싶은 것이 아니기 때문이다.

진다는 것. 그것은 생각보다 재미있는 경험이 되기도 한다. 초등학생한테 진다는 것, 그것도 무려 5년 동안 내내 진다는 것은 쉽게 경험할 수 있는 일이 아니지 않은가?

이렇게 살다 보니 인생에 조금은 겸손해진 느낌이다. 세상은 넓고, 내가 좋아하는 무언가를 진짜 잘하는 사람도 많다. 동네에서는 최고였지만 학교에서는 중간이었고 전국에서는 하위권이었다. 배울 것은 언제나 많고 배움은 언제나 즐겁다. 때로는 내 앞의 메기가 너무나도 무서울 때가 있지만, 그 메기가 내가 좋아하는 것을 더 잘할 수 있게 해준다면 100번, 1000번이라도 메기와 같은 수조에 놓이고 싶다.

"자! 덤벼봐!"

오늘의 '1'은
언제나
나 자신

어느 순간부터인가 박재민이라는 이름이 방송계에서 섭외의 마지막 보루로 통한다는 것을 알게 되었다. 흥행이 보증되는 다른 연예인들을 부르고 싶지만, 너무 덥거나 너무 춥거나 혹은 너무 위험해서 캐스팅이 불발될 때 박재민을 부르면 홍 반장처럼 두말하지 않고 달려갔기 때문일 것이다. 그 덕분(?)에 전문적으로 오지 탐험을 했어도 쉽게 겪지 못했을 법한 경험을 정말 다양하게 했다. 지구상에서 가장 추운 마을로 기록되어 있는 시베리아의 오이먀콘에 가서 영하 70도의 날씨에 얼음 밑 웅덩이에 빠져도 봤다. 방글라데시의 열대 밀림 속 한 마을에 갔다가 풍토병에 걸려서 고열로 촬영 중에 기절하기도 했다. 이 모습은 그대로 방송에 나갔는데, 방송국에서는 희귀한 장면 획득에 대한 기쁨을, 나는 흰자가 검은자보다 더 많이 보이는 인체의 신비에 대한 경외감을 얻은 사건이었다. 그뿐만이 아니다. 수달을 활용한 전통 낚시를 하다가 수달 놈이 노안이 온 것인지 (혹은 나에게 물고기와 닮은 부분이 있었던 것인지) 물고기 대신 내 손을 무는 바람에 손에 구멍이 뚫리기도 했다. 아프리카 마을에서 브레이크가 고장 났다는 사실을 모른 채 중고 자전거를 타고 내리막을 쏜살같이 달리다가 전복 사고를 당해 손가락이 골절, 탈구되기도 했다. 다행히 생각보다 아프지는 않아서 부러지고 뒤틀린 손가락을 카메라 앞에

들이밀면서 미소를 지었고, 그 모습은 외국 팬들에게 어필하는 데 큰 도움이 되기도 했다. 마을 의원에 가서 마취 없이 접골하는 것은 대한민국의 일반 국민이 21세기에는 절대 경험해보지 못할 근사한(?) 사건이리라. 그때, 아프리카에서 진통제나 마취가 필요한 수술을 바라는 것은 대도시가 아니고서야 힘들다는 것을 알았다. 이러한 상황들이 펼쳐질 것이라 상상이나 할 수 있다면 그 어떤 연예인이 쉽사리 이러한 방송의 출연 제안에 승낙할 것인가? 자연히 이러한 방송들은 전부 내 차지가 되었다. 만세!

각기 다른 나라에서 벌어진 사건들이 나에게 가져다준 유체 이탈에 버금가는 충격들은 저마다 다른 모양새와 말투를 갖고 있었지만, 결론은 하나였다. 세상에 절대적인 것은 없다는 것이다.

방글라데시에서 전통 방법의 수달 낚시를 가르쳐주던 형님은 수달의 특징 중 하나가 쓰다듬으면 좋아하는 거라면서 해보라고 권했다. 수달이라 하면 어떤 동물인가. 보노보노 아닌가? 작은 눈에 앙증맞은 앞발, 물에 둥둥 뜬 채 배에 있는 지갑 같은 주머니에 작은 돌을 신용카드처럼 넣어다니는 그 귀염둥이! (사실 보노보노는 해달이다.) 나는 설레는 마음으로 수달을 쓰다듬었다.

"앙."

그렇게 내 왼손에는 두 개의 앞니 구멍이 생겼다. 구멍만 생긴 게 아니라 무진장 아팠다. 귀여운 보노보노가 나를 무는 순간 내 머릿속에는 두 개의 생각이 떠올랐다.

'만화는 허구다.'

그리고…….

'형님 이 자식이…….'

형님이 날 속인 것이었다. 이 수달들은 떼를 지어 다니며 물고기들을 구석으로 몰아서 그물에 걸리게 하는 사냥 기술에만 길들여져 있을 뿐, 야생성을 그대로 간직하고 있었다. 자기들이 몰아넣은 물고기를 다 걷어 가는 인간에게 그 어떠한 연민도 갖고 있을 이유가 없었다. 이 매서운 사냥꾼들에게 나의 왼손은 갑에게 대항하기 위한 을의 몸부림이요, 착취당하는 노동자의 거룩한 항거였다.

난 형님을 노려봤다. 가뜩이나 덥고 습한 와중에 시차 적응도 안 되는 새벽 4시, 수달에게 구멍 문신을 선물받았으니 기분이 좋을 리 만무했다. 그런데 형님은 그런 나를 보며 너무 신나게, 너무 천진난만하게 웃는 것이 아닌가. 짜증이 몰려왔지만, 카메라 앞에서 화를 낼 수는 없는 노릇이었다. 조금 시간이 흘러 감정이 가라앉고 나자 형님이 웃은 이유를 알 수 있었다. 수달에 물리는 건 어부들에게는 큰일이 아니었다. 태어나자마자 직업이 거의 정해지는 이들에게 수달은 어린 시절부터 서로 물고 무는 적이자 동지인 동시에 공생의 관계였다. 수달에게 물리는 것은 우리가 여름철 모기에 물리듯이 허다하게 발생하는 일이었고, 나를 기겁하게 만든 두 개의 구멍 문신은 이들의 몸에 이미 수백 개가 새겨져 있었다. 나에게는 크게만 느껴졌던 그 구멍이 그들에게는 모공만 한 셈이었다.

아프리카 모로코에서 손가락이 부러졌을 때도 마찬가지였다. 그곳은 나에게 지금까지도 가슴 아픈 장소로 남아 있다. 고등학교 때 같은 반 단짝이자 짝꿍이었던 친구가 좋은 성적으로 명문대에 진학한 후에 배낭여행을 갔던 장소였다. 그가 친구 둘과 함께 사막 여행을 하던 중 불의의 사고로 차가 전복되었는데, 이때 괜찮았던 나머지 둘과 달리 내 친구에게는 조그만 출혈이 있었던 모양이다. 문제는 아프리카에서 의원을 찾기가 쉽지 않았다는 것이다. 지혈이 잘되지 않았던 친구는 일행과 함께 계속해서 병원을 찾아다녔으나 제시간에 병원에 도착하지 못했고, 결국 스무 살의 나이에 과다 출혈로 먼 타지에서 생을 마감했다. 한 번도 가본 적 없는 모로코는 그렇게 이미 내 슬픔의 무덤을 가진 땅이었다. 그렇기에 모로코에서 브레이크가 없는 자전거로 달리다가 내리막길에서 전복 사고가 나면서 손가락이 골절, 탈구되었을 때, 온갖 안 좋은 생각을 할 수밖에 없었다. 심지어 사고 당일이 금요일 오후라 당장 병원에 가지 못하면 이틀을 기다려야 하는 상황이었다. 나는 제작진과 함께 여덟 시간을 운전해서 가장 가깝다는 마을로 향했다. 새벽에 겨우 병원 한 곳을 찾았지만 이미 문은 굳게 닫혀 있었다. 마을 주민들의 도움으로 의사에게 전화를 걸어 치료를 부탁했지만, 결국 다음 마을까지 네 시간을 더 가서야 병원에 들어갈 수 있었다. 아프리카 시골에 있는 의원은 우리가 생각하는 것보다 훨씬 낙후되어 있었다. 의료 선진국인 한국의 병원과 비교를 한다는 것은 그 상상 자체가 성립이 안 될 정도였다.

역시 마취제나 진통제는 없었다. 진료도 간단했다. 의사는 내 손가락을 만져보더니 방송국 통역사에게 뭐라고 말을 했다. 비록 난 모로코에서 쓰는 말을 전혀 몰랐지만, 이미 진단이 끝났다는 것은 눈치로 알 수 있었다. 우리나라에서 흔히 볼 수 있는 엑스레이 같은 시각 자료가 아니라 촉진만으로 이미 내 상태가 파악된 것이었다. 그리고 돌아오는 통역사의 한마디……

"지금 맞춰주시겠다는데요."

지금? 나우Now? 아마도 정확히 여섯 번 반문했던 것 같다. 호기심과 두려움이 뒤섞인 물음이었다.

"오케이Okay. 레츠 고Let's go."

이 한마디로 나의 수술 아닌 시술 아닌 접골이 시작되었다. 우두둑. 두둑. 두두둑둑둑두두둑둑. 그리고 어깨에 느껴지는 경쾌한 토닥임 두 번.

"이제 다 나았다고 합니다."

말도 안 돼. 한국이었으면 엑스레이에 마취에 진통제에, 어쩌면 뼈를 고정하는 핀도 박았을 것이고, 하루 동안 입원하며 경과를 지켜보고, 또…… 보험료 청구까지 했을 텐데……. 그 모든 과정이 생략된 모로코의 접골 신화는 너무나도 큰 충격이었다.

"이래도 되는 건가?"

사실 내 질문은 여기서부터 이미 잘못되어 있었다. 이래도 되는 건가가 아니라 이 상황에서 이게 최선인지 물었어야 했다. 모로코에서 이러한 치료는 특별한 것이 아니었다. 그곳 사람들에게 그 처치는 유일한 대안이었고 최고의 선택이었다. 또한, 나를 치료해준 선생님은 그 동네 수많은 사람의 고통을 덜어준 명의로 존경을 받고 있었다. 이것은 맞고 틀리고의 문제가 아니었고, 좋다 나쁘다의 문제도 아니었다. 그저 다른 것이었다.

우리는 아침마다 누가 세웠는지도 모르는 어떠한 사회적 기준을 머릿속에 그리면서 그 척도에 도달하기 위해 졸린 눈을 비비며 하루를 시작한다. 누구나 출발선이 다르고 달리는 속도가 다르며 도달하는 결승점이 다르지만, 우리는 그 잣대에 부합하지 못하는 내 모습을 보며 패배감과 좌절감을 느낀다. 누군가는 그저 달리는 것 자체를 좋아할 수도 있는데도, 이 기준이라는 녀석은 우리를 다시 경쟁과 비교의 늪으로 끌어당긴다.

KBS2에서 매주 일요일 아침에 방영되었던 〈출발 드림팀〉이라는 프로그램에 꽤 오랫동안 출연했다. 그 당시 내 별명은 '만년 이인자'였다. 매번 2등만 했기 때문이다. 리키 김, 최성조, 김병만, 샤이니 민호, 제아 김동준. 화려한 운동 실력을 자랑하던 그 멤버 사이에서 나는 이상하리만치 항상 2등만 했다. 그때 주변에서 가장 많이 들었던 말이 "2등 해서 아쉽겠다"라는 거였다. 하지만 정작 나는 2등을 한 것 자체가 너무나도 만족스럽고 좋았다. 3등보다 잘한 거니까.

1등은 자리를 지켜야 하지만, 2등은 바라볼 곳이 있으므로 꿈과 희망이 있다. 하지만 이보다 더 중요한 것은 내가 그날의 경기에 만족했다는 사실이었다. 매 순간 최선을 다했고 매 순간 열정을 쏟아부었다. 이기기보다 잘하고 싶었고, 비록 1등이 아니어도 어제보다 더 성장한 오늘의 나를 보면서 만족했다. 이기고 지는 것은 기준을 어떻게 두느냐에 따라서 달라질 수 있다고 생각했다. 결과를 나타내는 숫자는 나를 '2'로 규정했지만, 나에게 그날 경기의 '1'은 언제나 박재민이었다.

잘해야 해. 이겨야 해. 지는 건 화나고 아쉬운 일이야.

우리는 아주 어렸을 때부터 이 사회가 정해놓은 무수히 많은 절대적 기준에 맞춰 자신을 단련한다. 어느새 익숙해진 이런 표지판이 2등을 좋지 않은 것으로 만든 게 아닐까? 사회가 2등은 가치 없는 것으로 만든 것이 아닐까? 상대적으로 봤을 때 2등은 그저 1등과 숫자 하나 차이인데 말이다.

〈출발 드림팀〉의 박재민은 무수히 많은 2등에게 희망이었고, 무수히 많은 1등에게 도전하는 사람이었다. 나는 2등은 1등에게 진 패배자가 아닌 3등에게 이긴 승리자라 믿었다. 무엇보다도 승패를 떠나 그 순간에 최선을 다하고 끝없는 도전을 받아들인 나 자신이 자랑스러웠다.

한국에서 당연했던 것들이 모로코에서는 당연하지 않았고, 반대로 모로코에서 마땅했던 것들이 한국에서는 그렇지 않았다. 한국에서는 영하 10도만 돼도 추워 죽겠다며 온갖 앓는 소리를 내겠지만, 시베리아에서는 영하 70도에서 영하 40도로 기온이 올라가면 포근해졌다며 간단한 티셔츠 한 장만 걸치고 돌아다니는 것이 일상이었다. 평생 물려본 적 없는 수달에게 목숨을 위협당한 것 같았지만, 방글라데시의 형님에게는 그저 수달의 귀여운 장난일 뿐이었다.

　내가 어떻게 생각하느냐에 따라서, 어디에 기준을 맞추느냐에 따라서 세상을 바라보는 시각은 참 많이 달라질 수 있었다. 모든 것은 절대적인 것이 아닌 상대적인 것이었다. 무조건 좋은 것도 없었고, 완전히 나쁜 것도 없었다. 어떤 과정, 어떤 결과, 어떤 사람, 어떤 감정을 바라보며 그것이 좋은지 나쁜지에 대해 판단하는 것은 그 누구도 아닌 내가 하는 것이었다. 이 세상이 세워놓은 기준은 무수히 많이 쌓인 데이터베이스에서 나온 AI 같은 조언일 뿐이지, 그것이 내 삶의 방향을 정해주는 이정표가 될 수는 없었다.

　그 시간을 겪어온 나는 비교의 늪에 빠져 좌절감을 느끼는 누군가가 있다면 꼭 이야기해주고 싶다.

　"그럴 수도 있지. 별거 아니야. 넌 할 수 있어!"

우리의 시즌은
바로 지금
그리고
앞으로 계속

사람들 대부분이 잘 모르지만, 서울대학교에도 정식 농구부가 있다. 우리가 잘 알고 있는 전통의 고려대학교, 연세대학교, 중앙대학교 농구부처럼 정식 농구 선수들로 꾸려진 농구부 말이다. 1부가 아닌 2부 대학 리그에서 주로 활동을 하기에 실력이나 인지도 면에서는 떨어지지만, 서울대학교 농구부 또한 빛나는 역사와 전통을 갖고 있다.

서울대학교는 농구 성적만으로 특기자 선발을 하지 않는다. 모든 선수는 수능과 내신, 실기 성적으로 경쟁을 거쳐 입학한 뒤에야 농구부에 가입할 수 있다. 농구를 잘했던 선수도 공부해서 성적을 끌어올려야만 입학할 수 있다. 그러다 보니 당연히 학창 시절 내내 운동에 몰두한 좋은 실력의 선수를 받기는 거의 불가능하고, 선수 수급 자체가 어려운 정도다. 법대나 의대 등의 단과대학에서도 희망만 한다면 가입을 받아줄 정도로 유연한 체계를 갖추고 있는 이유이기도 하다. 이러한 서울대학교 농구부를 이야기할 때 절대 빼놓을 수 없는 인물이 한 명 있다. 바로 장갑진 감독님이다. 감독님은 이미 2000년대부터 대한민국 최고령 현역 농구인이었고, 여든이 넘어서까지 현역 지도자로 활동을 하시며 뭇 농구인들에게 존경을 받았다.

한국전쟁 참전 용사셨던 장갑진 감독님은 전쟁 이후 중단했던 학업을 재개하면서 서울대학교에 스포츠 클럽이 필요한 것을 실감하고 정식 농구부를 창단했다. 감독님은 국가대표로 활동했을 정도로 농구에 무서운 열정과 실력이 있었고, 장갑진 감독님의 지도를 받은 서울대학교 농구부 또한 1990년대까지는 전국 대회에서 수차례 입상할 정도로 실력을 인정받았다. 이 시기에는 신림고등학교, 경복고등학교, 인헌고등학교 등의 감독이나 국가대표 감독, 선수를 배출하기도 하였다. 이러한 화려한 시기 이후 2000년대에는 서울대학교 입시 제도에 변화가 생겼고, 고등학교 선수 출신들이 입학하지 않게 되면서 실력이 급격하게 저하되었다. 그 결과 경기 성적은 떨어졌고 늘 지는 팀이 되고 말았다. 실제로 2000년부터 무려 7년 동안 승리를 단 한 번도 못 한 7년 전패의 팀으로 기록에 남기도 했다. 그러다 보니 당연하게도 서울대학교 농구부 내에는 전반적으로 패배감 같은 게 깔려 있었다.

어떻게 이렇게 상세하게 잘 아느냐고? 그렇다. 내가 서울대학교 농구부 출신이자 5년 전패 기록을 가진 멤버다.

시합에 나가기 전부터 우리는 항상 은연중에 질 거라는 생각을 했던 거 같다. 최선을 다해 일주일에 최소 세 번, 많으면 일곱 번 연습했다. 학업을 다 마친 후에 모여 최소 세 시간에서 많게는 다섯 시간씩 연습했지만, 현실의 벽에 이미 수차례 막힌 경험이 있는지라 어쩔 수 없는 패배감이 언제나 우리 체육관의 한구석에 웅크리고 있었다.

자신감: "저리 가. 우리 이번에는 정말로 이길 거야."

패배감: "그렇게 말하고선 지난번에도 22점 차로 졌잖아?"

농구부 일동: "쩝……."

그놈의 시커먼 패배감은 우리 팀에게 정말이지 너무나도 익숙해져 있었다. 매년 돌아오는 전국 대회에 참가하는 것도 선배들이 일궈놓은 명맥을 잇는다는 느낌이었을 뿐, 이외의 그 어떤 동기를 찾기 힘들 때도 있었다. 누군가에게는 어차피 지러 나가는 대회, 그 이상도 그 이하도 아니었을 수도 있겠다.

한때 정상을 밟았던 그리고 유수의 제자들을 배출했던 감독님의 마음은 어땠을까? 승리도 알고 패배도 알고 계셨던 감독님에게 우리의 패배감은 어떻게 보였을까?

여느 대회와 다를 것 없이 똑같던 어느 시합 날, 감독님께서는 경기 전에 우리를 불러 모으셨다.

"상대 팀이 너희보다 잘하는 건 사실이야. 하지만 이기고 지는 게 중요한 것이 아니다. 더 중요한 것은 너희가 코트에서 인생을 살아가는 법을 배우는 거야. 상대 팀 선수들은 초등학교 때부터 농구를 했고, 그들에게 너희는 반드시 이겨야 하는 상대야. 너희는 달라. 죽을 만큼 싸우고 멋지게 져라. 그다음에는 너희의 인생을 만들어나가면 돼. 그거 하나만 약속하자."

체육관을 쩌렁쩌렁하게 울렸던, 여든 넘은 참전 용사 노감독님의 이 한마디 외침은 지금까지도 내 삶의 가장 중요한 원칙이다.

남아프리카공화국의 넬슨 만델라 대통령도 비슷한 말을 했다.

"나는 절대 지지 않는다. 오로지 이기거나 혹은 배울 뿐이다."

우리가 삶을 이야기할 때 많이 쓰는 단어 중 하나가 '경쟁'일 거다. 남과의 경쟁, 나와의 경쟁⋯⋯. 인생은 스포츠가 아닌데, 우리는 운동선수와 같은 치열한 삶을 매일 살아간다. 물론 이러한 특성이 스포츠의 인기 요인일지도 모르겠다. 삶과 견줄 수 있다는 것. 하지만 승리가 가장 중요한 선수들조차 항상 이기지는 않는다. 그들도 수많은 실수를 하고 패배를 겪으며 좌절을 경험한다. 아이가 제대로 걷기 위해서 수십 번 넘어지듯이 선수들 또한 세계적인 수준의 경기력을 선보이기 위해 수천, 수만 번의 연습을 한다. 그렇게 쏘아 올린 슛은 모두 골인이 되지는 않는다. 때로는 골대에 들어가지 않는 슛이 더 많은 날도 있을 것이다. 누구도 그 과정을 패배라고 부르지 않는다. 연습에서의 슛은 오로지 시합 때 넣을 단 한 번의 골을 위한 과정이라는 것을 알고 있기 때문이다.

서울대학교 농구부도 마찬가지였다. 장갑진 감독님은 우리가 정말 최선을 다해 훈련하고 진정으로 농구를 사랑한다는 것도, 하지만 프로 농구 선수가 되지는 않으리라는 것도 알고 계셨다. 그렇기에 감독님은 시합이 선수들에게 더 큰 꿈을 꾸는 과정이 되기를 바라셨고, 순간의 패배감에 주눅이 들기보다는 도전에서 배움을 얻기를 바라셨다.

우리의 삶도 그러하지 않을까?

오늘 하루 좀 잘하지 못했다고 해서 어느 구단에서 나를 방출하거나 연봉을 삭감하지 않는다. 팬들이 나를 외면하지도 않고 언론에서 질타하지도 않는다. 매일 치열하게 살아가고 있다고 하지만, 그렇다고 우리가 경기 점수에 따라 미래가 좌우되는 운동선수는 아니다.

우리의 시즌은 한 시즌이 아니고 평생이다. 오늘의 패배는 그저 과정일 뿐이다. 오늘 경기 결과에 따라 한 시즌의 승패가 결정되는 거라면 패배는 패배로 남겠지만, 그 시합에서 배운 것을 토대로 다음번에 이긴다면 어제의 패배는 패배가 아닌 배움으로 남게 된다.

넬슨 만델라가 이야기했듯이 지는 것과 배우는 것은 내가 지금 멈추느냐, 혹은 더 나아가느냐에 따라 달라진다. 우리의 삶은 오늘이 끝이 아니다. 우리의 삶은 언제나 내일이 더 화려할 것이다. 그리고 그건 어제의 패배가 있기에 더욱 가치 있다.

"잘 졌다. 오늘 아쉽게 져서 슬프지? 그래도 목표한 점수를 올렸고, 너희가 연습한 모든 것을 코트 위에 쏟아부었으면 됐다. 오늘 실컷 울고, 내일 다시 최선을 다해 싸워라. 오늘은 정말 멋지게 졌다!"

흰 눈썹을 휘날리며, 졌기에 멋지다고 우리를 치켜세우시던 장갑진 감독님. 감독님 덕분에 지금도 내 책장 속 '패배 경험'은 전부 '배움' 코너로 분류되어 있다. 곧 현충일이다. 현충원에 감독님을 뵈러 가야겠다.

"감독님, 오늘도 멋지게 지고 많이 배웠습니다. 감사합니다."

50

열정도
습관이다

공부가 적성에 맞는 사람도 있겠지만, 적어도 나는 그렇지 않았다. 아니, 정확히 말하면 정규 교육과정에서 필요로 하는 공부 머리가 없었다. 나는 체질이 슬로 스타터였다. 뭐든 배우는 속도가 느린 편이었다. 배우는 속도가 느리다 보니 당연히 성적도 좋지 않았다. 다행히도 성적이 아주 바닥은 아니었는데, 신기하게도 언제나 반의 중간, 전교의 중간, 전국의 중간에 내 석차가 있었다.

성적이 중간이었던 가장 큰 이유는 공부를 못했던 것도 있겠지만 공부를 안 했던 것이 더 클 것이다. 많은 사람이 그렇겠지만, 공부가 재미가 없었다. 게다가 부모님께 공부하러 독서실에 간다고 하고 브레이킹 팀의 연습실에 나갔으니……. 낮은 성적은 어쩌면 당연한 결과였을 것이다. 그 당시 강남 지역에 살았는데, 연습실에 가려면 3호선을 타고 녹번역까지 가서 버스로 환승을 해야만 했다. 고등학생이 저녁 시간에 지하철과 버스로 여러 정거장을 거쳐 그다음에는 도보로, 말 그대로 약 한 시간 동안 산 넘고 물 건너 춤을 추러 다닐 거라고 우리 부모님은 상상이나 하셨을까. 새벽까지 연습한 후 막차를 타고 겨우 집에 돌아오는 나를 보며 공부하고 왔을 거라고 믿어주신 부모님에게는 지금도 죄송한 마음이 앞선다.

그렇게 약 2년 가까이 지속한 밀항의 시대는 결국 헬

멧 하나로 막을 내리게 된다. 그 당시 나는 브레이킹 동작의 하나인 헤드 스핀을 연습하고 있었는데, 머리를 보호하는 헬멧을 항상 들고 다닌 것이 화근이 되었다.

"이건 뭐니?"

"아, 네? 아, 이건 말이죠. 음…… 친구한테 빌린 인라인스케이트 헬멧입니다."

"아, 그래? 그럼, 인라인스케이트는 어디에 있니?"

"아, 그게 말이죠……."

지금도 그렇지만 난 거짓말을 못한다. 그 순간의 위기를 모면하기 위해 사실이 아닌 말을 하는 것이 본능적으로 잘 안된다. 그렇게…… 들키고 말았다.

"사실…… 춤출 때 쓰는 헬멧입니다."

춤을 춘다는 나의 고해성사를 오히려 거짓이라고 생각한 부모님을 이해시키기 위해 두 분 앞에서 헬멧을 쓰고 헤드 스핀을 돌아야 했던 내 심정이란…….

그렇게 고3 여름방학을 앞두고 난 짧은 인생의 가장 큰 위기를 맞이했다. 부모님은 심각하게 굳은 얼굴로 소파에 앉아 나를 바라보셨다. 그 표정이 독서실에 간다고 거짓말을 하고 연습실에 가서 나온 것인지 아니면 머리를 거꾸로 박고 뱅글뱅글 돌고 있는 내 모습을 보고 충격을 받아 나온 것인지 알 수는 없었지만, 확실한 건 내 절체절명의 순간이라는 점이었다.

"나중에 이야기하자."

"네."

차라리 혼내시지……. 나중에 이야기하자는 것만큼 피의자의 마음을 갉아먹는 것은 없다.

그렇게 며칠이 지났을까. 부모님이 나를 불렀다.

"지금 고등학교 3학년인데, 너 뭐 하고 싶니?"

"전 확실히 공부에는 재능이 없는 것 같아요. 어렸을 때 도전하지 못한 운동선수라는 꿈을 춤으로 펼치고 싶습니다."

"너 춤추는 것을 보니 큰 재능은 없는 것 같던데……."

"아니에요. 분명히 더 좋아질 거예요. 그리고 실력을 떠나서 그냥 춤을 추고 싶어요."

"운동선수와 춤추는 인생을 둘 다 이룰 방법이 있다. 그 약속을 지금 아빠, 엄마와 해서 지킨다면 네가 원하는 대로 전부 다 할 수 있도록 해줄게. 체육과에 진학해라."

"예?"

대학에 간다는 생각은, 특히나 체육과에 간다는 생각은 꿈에도 해본 적이 없었다. 당시 내 성적으로는 서울에 있는 대학에 갈 가능성이 매우 낮았는데, 거기다가 체육과라니……. 체육과는 운동선수들이 가는 특수한 학과라고

만 알고 있었기에 학자이자 교수님인 부모님 두 분의 의견은 생각해본 적도 없는 이야기였다.

"넌 몸 쓰는 것을 좋아하잖니. 하지만 아빠, 엄마가 보기에 네가 타고난 재능을 갖고 있지는 않아. 거기다가 이제 열아홉 살인데 운동선수를 하기엔 너무 늦었고⋯⋯. 그렇다면 실기가 아닌 이론으로 전문가가 되어보렴."

앗! 이상하게 구미가 당겼다.

"목표로 하는 대학에 진학하면 춤추는 걸 허락할게."

흠칫! 더욱 흥미로운 제안이었다.

"그 대학은 네가 정해라."

거래 달성.

"서울대학교에 가겠습니다."

대체 무슨 생각으로 그런 말을 한 것일까. 서울대학교에 체육과가 있는지도 모르고 마구 내뱉은 나의 패기는 오기에 가까웠다. 문제는 그다음이었다.

"그래! 네가 정한 거다!"

책임 소재를 분명히 따지시는 두 교수님의 분명함이란⋯⋯.

바로 검색을 시작했다. 찾아보니 다행히 서울대학교에 체육교육과가 있었다. 입시 카페에 가입해서 더 조사해

보니 입학 기준이 높아 보였다.

"평생 춤을 추기 위해서라면, 반드시 이 학교에 들어가야 해."

단순했다. 하지만 명확했다. 서울대학교 체육교육과에 들어가야만 했다. 그곳에 입학해야만 그토록 원했던 춤을 평생 추면서 살 수 있었다. 그것도 더는 지긋지긋하게 몰래 숨어서가 아닌, 부모님의 전폭적인 지지를 받으면서 말이다.

고등학교 3학년 여름방학부터 연습실의 출입을 끊고 그제야 정말로 독서실에 가기 시작했다. 공부하는 방법을 몰랐으니 처음부터 잘될 리가 없었다. 연습실 바닥이 아닌 독서실 의자에 30분 이상 앉아 있는 것이 고역이었고, 계획을 세우고 공부를 해본 적이 없어서 문제집을 풀어야 하는지, 교과서를 봐야 하는지, 오답 노트를 작성해야 하는지 도무지 알 수가 없었다. 다행히 성적이 완전 하위권은 아니었기 때문에 아예 진도를 못 나가지는 않았다. 문제는 '어떻게'였다.

방법을 모르는 대신 할 수 있는 것부터 바꿔나가기 시작했다. 일단 의자에 앉아 있는 시간을 늘려보았다. 수능까지 몇 달 남지 않았기에 시간이 없었다. 그래서 한 번에 의자에 앉아 있는 시간을 5분씩 연장했다. 처음에는 30분,

10분 휴식 후 35분, 다시 10분 휴식 후 40분. 그렇게 하다 보니 첫날 한 시간까지 늘릴 수 있었다. 다음 날, 다시 그 과정을 반복했다. 그다음 날도, 또 다음 날도……. 일주일이 지나자 한 시간을 앉아 있는 것이 수월해졌다. 그때부터는 문제 읽는 방법을 바꿨다. 처음에는 집중력이 떨어져서 한 문장을 읽다가도 금세 까먹어 다시 처음부터 읽어야 하는 경우가 많았다. 하지만 계속 집중해서 읽는 연습을 하다 보니 중요한 단어들이 눈에 보이기 시작했다. 노력에 의한 변화가 생기니 재미가 붙었다. 내가 어디까지 변할 수 있는지 궁금해졌다. 어차피 타고난 공부 머리가 없다면 질이 아닌 양으로 승부를 보자고 마음을 먹고 정말 무식하게 공부했다. 평생 춤을 추기 위해서 말이다.

잠자고 눈 깜박이는 시간 외에는 무조건 공부를 했다. 샤워할 때도 한쪽에 책을 펼쳐뒀고, 양치하거나 밥을 먹으면서도 늘 책을 읽었다. 지하철에서도, 버스에서도 문제를 풀었고, 변기에 앉아서도 단어를 외웠다. 자투리 시간이 아까워 중요한 단어는 손에 잔뜩 써놓고 다녔다. 스치듯 보면서라도 외울 수 있게 말이다. 이제 와 짐작하건대, 습관을 넘어 중독이 되었던 것 같기도 하다.

노력은 배신하지 않았다. 기적적으로 4개월 동안 모의고사 점수가 120점이 올랐고, 결국 희망했던 대학에 진학하게 되었다. 이제 평생 춤을 출 수 있게 된 것이다!!! 물론, 지금의 나는 춤을 추는 것으로 먹고살고 있지는 않다. 부모님이 내가 좋은 대학에 가길 바라셨던 이유를 이제야 깨닫는다.

열정적으로 무언가를 한다는 것은 고통스러운 일이기도 하다. 그만큼 많은 시간과 노력을 투자해야 하는 과정이기 때문이다. 목표를 갖고 원하던 성적을 만들어낸 고등학교 3학년 이후, 신기하게도 원하는 것을 이루기 위해 고통스러운 시간을 겪는 것이 습관처럼 되어버렸다. 처음 넘어지면 무릎은 아프지만 점점 그 고통에 무뎌지듯이, 무엇인가를 이루고 싶다는 열정으로 괴로운 순간들을 견뎌내는 것에 조금씩 익숙해졌고 그것이 하루하루의 루틴이 되어갔다. 어제보다 더 성숙해진 오늘을 살아가기 위해 힘들어도 매 순간에 최선을 다하는 것은 고통을 넘어 보람이 되었다.

서울대학교 농구부의 선수로 활동할 때, 장갑진 감독님은 항상 이런 말씀을 하셨다.

"최고가 되려고 하지 말고, 한 번을 하더라도 그 한 번에 최선을 다해라."

당시에는 그저 그 말만 따를 뿐이었는데, 많은 시간이 지나고 돌이켜보니 최고는 수많은 한 번들이 누적되어 이뤄지는 것이었다. 결국, 감독님은 나에게 최고가 되는 법을 알려주신 셈이다.

탁월한 재능을 타고났다고 일컬어지는 세계 최고의 운동선수들도 한 번의 시도로 정상에 오른 게 아니다. 그들도 매일매일 온 힘을 쏟으며 연습한다. 그리고 최선을 다하는 자세를 몸에 익힌다. 좋아하는 일을 더 잘하고 싶다는 열정을 하나의 습관으로 만드는 셈이다.

참 다행이다. 내 습관이 '열정'이어서.

오늘의 선택이
어제의 것보다 더
최선이 된다면

우리는 항상 과거를 후회한다. 이유는 간단하다. 지금 내가 처한 이 상황이 최선이 아니라고 믿기 때문이다. 영화가 결말에 다다르고서야 주인공이 초반부에 했던 선택이 이 모든 사건의 발단이었음을 알게 되듯이, 우리도 언제나 결론이 난 일을 초래한 지난 선택을 후회한다.

'그때 그 주식을 팔았어야 해. 그때가 최고라는 걸 알고 있었는데……'

'그냥 3번을 택했어야 해. 괜히 답을 바꿔서는……'

'그때 왜 오른쪽으로 갔을까. 왼쪽으로 갔으면 이런 일이 없었을 텐데……'

누구나 살면서 한 번쯤은 이런 후회를 해봤을 것이다. 그리고 십중팔구 이런 말을 주변에 해봤을 것이다. 만약 과거로 돌아갈 수 있는 타임머신을 탈 수만 있다면, 그 결정을 하려는 자신을 붙잡고 미래에 일어나는 일을 장황하게 설명한 뒤 절대 그 선택을 내리지 않게 멱살이라도 잡고 뺨이라도 때렸을 것이라고…… 뭐, 물론 과거의 내가 미래에서 온 나를 보고 놀라 자빠지지 않으면 다행이겠지만…….

한동안 나에게도 타임머신을 탈 수만 있다면 꼭 돌아가고 싶은 시점이 있었다. 2012년, 연예인들이 출연하는 맞선 예능에 나갔다가 예상치 못한 상황을 맞닥뜨리게 되었다. 바로 결혼 기사였다. 결혼할 상대가 있으면서 맞선 예능에 나왔다는 등 사실과 다른 내용의 기사들이 쏟아져 나오기 시작했고, 해명할 틈도 주지 않고 온라인 포털의 연예 1면과 실시간 검색 순위를 도배해버렸다. 기사가 배포된 다음 날, 사태의 심각성을 인지한 방송국은 하차 통보를 했고, 나는 방송계를 완전히 떠나게 되었다.

처음에는 당황했다. 한 번도 이러한 경험을 해본 적이 없었기에 대처 방법을 몰랐다. 이내 억울한 마음이 들었다. 잘못한 것이 없는데, 항상 정직하게 살아왔다고 생각했는데 이렇게까지 나를 공격하는 이유를 알 수 없었다. 그러다가 슬퍼졌다. 지금까지 쌓아온 삶이 부정되는 것 같았다. 한순간에 직장에서 해고를 당한 것도 모자라 전 국민의 비난 대상이 되었다는 사실이 너무 서러웠다. 마지막에는 화가 났다. 왜 그 프로그램에 출연하겠다고 마음을 먹어서 이 상황을 자초했단 말인가? 회사에서 제안이 들어왔을 때 그냥 끝까지 안 나간다고 할걸, 도대체 왜 마음을 바꿔서 나간다고 했던 것일까?

내 안의 분노는 순식간에 나를 잠식했다. 그 크기가 너무 큰 나머지, 결국 분노라는 먹구름에 완전히 뒤덮이고 말았다. 심한 우울증이 몰려왔다. 그렇게 방문을 닫고 커튼을 친 채, 며칠이고 몇 주고 방 안에 갇혀 스스로를 계속 넘어뜨리기 시작했다. 살면서 한 번도 넘어진 적이 없었기에 그 사건은 꽤나 큰 충격이었다. 주변 지인들은 내 잘못이 아니며 세상 사람들은 벌써 잊었다고 말해주거나 큰 문제도 아닌데 너무 마음에 담아두지 말라고 힘을 실어줬지만, 먹구름이 이미 너무나도 짙게 나를 감싸안고 있어서 그 훈훈한 바람들은 전달되지 않았다.

일어나는 방법도 배우지 못한 채 넘어진 나는 끝도 없는 아래를 향해 계속해서 곤두박질쳤다. 바닥인 줄 알고 손을 짚었는데, 바닥이 아니었다. 또 떨어졌다. 그리고 또 떨어졌다. 정말로 끝이 없을지도 모른다는 생각이 들 정도로 그렇게 계속해서 아래로, 아래로……. 떨어질 때마다 내 마음속의 후회는 켜켜이 쌓여갔다.

우울증이 너무 심해진 나는 더 어두운 곳을 찾기 시작했다. 그렇게 다다른 곳이 관악산에 있는 조그마한 절이었다. 그곳은 최후의 방공호이자 유일한 선택지였다. 절의 한 평 남짓한 반지하 단칸방에 짐을 풀면서 이곳이라면 우울증을 어느 정도 떨칠 수 있을 것이라 생각했다. 하지만 먹구름은 점점 짙어졌을 뿐, 상황은 도무지 나아지지 않았다. 절은 도피처지, 해방구가 아니었기 때문이다. 나는 직면한 문제를 정면으로 맞닥뜨리지 못했고, 과거에 내린 선택에 붙잡혀 현재에서 해결책을 찾지 못했다. 나라는 사람의 가장 가까운 아군인 내가 자신을 버리고 도망가기에 바빴다. 그러한 선택을 내린 바보 같은 나 자신을 질책했다. 한동안 알코올의존증에 가까운 수준으로 술독에 빠져 살았고 사람을 만나는 것도, 밥을 먹는 것도 거부했다. 열심히 이루어낸 모든 것들이 사실은 허상에 불과한 것만 같았고, 내 편은 아무도 없다고 느꼈다. 정말이지 모든 것을 끝내고 싶었다. 실제로 끝내야겠다는 생각도 많이 했다. 지금 다시 떠올려도 털이 쭈뼛 설 정도로 힘든 시간이었다. 그렇게 6년을 절에서 보냈다. 이 질문을 하면서…….

'왜 그랬을까, 왜 그랬을까, 왜 그랬을까?'

우리는 매 순간 선택의 기로에 선다. 이 순간에도 누군가는 오른손으로 혹은 왼손으로 책을 쥐고, 음악을 틀고 혹은 텔레비전을 켜고 있을 것이다. 누군가는 커피와 함께 혹은 음식과 함께하고 있을지도 모르겠다. 이러한 사소한 것조차도 찰나의 선택으로 이뤄진다. 오른손보다는 왼손이 편해서일 것이고, 음악을 들으면 책에 더 집중할 수 있기 때문일 것이며, 커피가 책의 감동을 더해주기 때문이었을 것이다. 이 세상의 그 누구도 최선이 아닌 두 번째 또는 세 번째로 좋은 선택을 하지 않는다. 누구나 가진 모든 정보를 종합하여 가장 나아 보이는 쪽으로 달려간다. 그것은 인간의 본능과 이성, 감성이 서로 손을 잡고 만들어낸 결과물이다. 시간이 흐른 뒤에 되돌아보면 그 선택이 최선이 아닌 최악이었음을 알게 될 때도 있지만, 누구나 현재의 선택 앞에서 가장 훌륭해 보이는 길로 향한다.

타임머신을 타고 인생의 분기점이 되는 선택을 한 그 순간으로 돌아가 과거의 나를 만날 수 있다면, 나의 멱살을 붙잡고 "절대 그 선택을 해서는 안 돼!"라고 말할 수 있다면, 과연 과거의 나는 다른 선택을 할까? 아니, 아마도 아닐 것이다. 왜냐고? 그때는 그것이 낫다고 판단했을 것이기 때문이다. 그 당시의 나는 그 방송이 다른 예능 프로그램으로 진출할 수 있는 발판이 되어줄 거라고 확신했었다. 물론 결과적으로는 그러지 못했지만…….

인간은 실수를 통해 배운다. 실수한 순간에는 고통스럽지만, 다시는 그런 오류를 만들지 않는 방법을 깨닫는다.

지금, 이 순간에도 우리는 수많은 선택과 마주한다. 그리고 알게 모르게 가장 괜찮아 보이는 방향으로 향한다. 하지만 그런 과정을 통해 만들어진 나의 결정이 다른 누군가의 결정과 맞물려 나타나는 결과는 내가 조종할 수 있는 영역이 아니다. 내가 할 수 있는 것은 언제나 조금이라도 더 나은 쪽을 택하고 그 선택에 대한 믿음을 가지며, 혹시 결과가 좋지 않더라도 후회하기보다는 그 상황을 자신 있게 마주하고 해결하는 것이다. 그러한 경험들이 쌓여서 오늘의 선택이 어제의 것보다 더 최선이 된다면, 그렇게 우리는 성장하는 것 아닐까.

결국, 나는 성장했다. 넘어지고 나서야 일어나는 법을 배웠고, 나를 둘러싸고 있던 거품들을 걷어냈으며, 선택할 때 정말 중요하고 필요한 정보가 무엇인지 가늠하는 법을 깨달았다. 그걸 알게 되기까지 많이 아팠지만, 그 시간을 말미암아 조금은 단단해졌고 다시는 그러한 고통에 잠식되지 않겠노라 다짐했다.

오늘도 나는 수많은 선택지에 체크를 하고 있다. 모두 정답일 거라는 자신은 없다. 다만, 더는 내가 내린 과거의 답을 후회하거나 그 결과로부터 도망치지 않으려고 한다. 그저 내 선택이 정답이라 믿으며 다음 문제를 푸는 것에 집중한다. 혹시 틀렸다는 느낌이 들더라도 괘념하지 않는다. 인생의 오답을 정답으로 바꾸는 것 역시 오롯이 내 몫이니까.

당신만의
토템을
찾기를

우울증이 가장 심했을 무렵, 술을 매우 가까이했었다. 오죽하면 하루를 술로 시작하고 술로 끝냈을 정도였다. 평생 마시지도 않던 술에 빠져 살았던 기간은 무려 1년 반이 넘었다. 그런 상태에서도 절대 포기할 수 없는 단 한 가지가 있었다. 웃길 수도 있겠지만, 배에 주렁주렁 달린 육중한 복근이 바로 그것이었다. 절에서 기절 직전까지 술을 마시고도 깨고 나면 지하철을 타고 운동을 하러 갔다. 이 시기의 내 삶에는 아이러니하게도 술과 운동뿐이었다. 내 인생은 이미 망했다고 생각했지만, 배의 근육마저 잃고 싶지는 않았다.

초등학교 때부터 복근이 선명하게 있었다. 정확한 이유는 기억이 안 나지만, 어릴 때부터 윗몸일으키기를 즐겼기 때문으로 추측해본다. 언제라도 상의를 탈의하면 당연히 배에 여섯 개짜리 무언가가 선명하게 달려 있었고, 단 한 번도 사라졌던 적이 없었다.

왜 복근이 나에게 그토록 특별했을까? 당장 오늘 이 세상에서 나의 존재가 없어져도 상관없다고 생각하던 시기였지만, 마지막 순간에 내 모습이 아닌 상태로 사라지고 싶지는 않았다. 내 삶도 다 망가졌고 마음도 피폐해졌지만, 가장 순수했을 때부터 오랫동안 쏟아부은 노력은 배에 남아 있다. 성인이 되고 나서 겪은 성공과 실패가 모조리

물거품이 될지라도 근육만은 어떻게든 지키고 싶었다. 이 것마저 없어진다면 이번의 실패와는 아무런 관련도 없는 어린 시절까지 모두 부정당할 것만 같았다.

그렇게 복근에 집착했던 나는 점차 운동 범위를 넓혔고 다행히 건강하게 우울증을 극복했다. 오랜 시간이 걸렸고 마음에는 여전히 흉터가 남았지만 잘 아물었다. 그 시기를 통해 한 단계가 아닌 열 단계 성장했고 내가 누구인지, 내 존재가 무엇인지를 되돌아보았다.

누구에게나 이런 힘든 시기가 온다. 다만 그 바람에 나처럼 쓰러지는 사람도 있고, 옆으로 잘 비껴가는 사람도 있을 뿐이다.

영화 〈인셉션Inception〉에서 리어나도 디캐프리오가 연기한 코브는 이곳이 현실인지 꿈인지를 판단하기 위해 팽이 모양의 토템을 활용한다. 현실 세계라면 팽이가 돌다가 관성이 약해지며 멈추겠지만, 꿈이라면 무한한 시간 동안 계속 돌 것이기 때문에 이 토템을 통해 나의 세계를 파악하고 자신을 지켜낼 수 있었다. 아주 보잘것없는 작은 팽이였지만, 코브에게는 삶을 지켜주는 최후의 방패이자 열쇠였다.

우리의 삶도 마찬가지인 것 같다. 누구에게나 이런 토

템이 하나씩은 있어야 한다고 생각한다. 삶의 동아줄 같은 것 말이다. 그것이 무엇이든 상관없다. 아주 사소한 물건이어도 좋고 글귀나 사람이어도 된다. 그저 내 삶을 지탱해줄 수만 있으면 된다. 토템 하나만 있다면 그 어떤 상처도 반드시 치유될 것이고, 자신을 지킬 수 있다고 믿는다.

그래서 나는…… 오늘도 한다. 윗몸일으키기.

인생은
지구력!

어느덧 한국 나이로 보나, 미국 나이로 보나 혹은 그 어느 다른 나라의 나이로 보더라도 마흔을 넘어버렸다. 고故 김광석 선배가 멀어져가는 청춘을 그리며 부른 노래가 〈서른 즈음에〉인데, 난 이미 마흔 즈음을 지나버렸다니 갑자기 닭살이 돋는다.

내 청춘은 아직인데!!! 난 아직 20대 때처럼 열정적으로 살고 싶단 말이다!

철이 들지 않으려고 부단히 노력하는 내 모습을 보면 몇 없는 친구들이 종종 이런 질문을 한다.

"넌 어떻게 그렇게 취미가 많냐? 난 살다 보니 취미가 다 없어졌어. 매일 일, 일, 일밖에 안 하는 것 같아."

그러게. 언제부터 취미가 이렇게 많아졌지?

이 질문에 대한 대답이 있지는 않다. 취미를 다양하게 갖겠다는 각오로 덤벼든 것은 아니었으니 말이다. 다만 어렴풋이 기억나는 어린 시절의 일화를 봤을 때, 타고난 성격에서 약간의 해답을 얻을 수 있을 것 같다.

나는 미국에서 태어났다. 정확히 말하면 미국에서 '발생'했다. 부모님의 계획대로 내가 생긴 것은 아니었으니 '발생'이라는 단어가 가장 적합하지 않을까 싶다. 그렇게 생겨난 후 몇 년이 지나 부모님의 유학 생활 종료와 함께 한국에 오게 되었다. 기억이 잘 안 나지만, 부모님께서는 나를 한국에 데리고 온 것을 살짝 후회했었다고 아직도 가끔 말씀하신다. 내가 한국에 오고 나서 1년 가까이 말을 안 했기 때문이다.

"네가 실어증에 걸린 줄 알았단다. 정말 말을 한마디도 안 했거든."

가물가물한 장면들이 몇 개 있다. 통학 버스를 타고 집에 가는 길에 기사 아저씨께서 질문을 던지셨다.

"어디까지 가니?"

"현대 아파트먼트요."

"어디?"

"현대 아파트먼트요."

"혹시 현대 아파트를 말하는 거니?"

"아니요. 현대 아파트먼트요."

"그런 곳은 잘 모르겠는데……."

결국, 학교로 돌아가 어머니께서 데리러 오실 때까지 혼자 책상에 앉아 있었다. 나에게 아파트는 말 그대로 아파트먼트였다. 한국에서 아파트먼트를 아파트라고 부르는지 전혀 몰랐다. 지금 생각해보면 별일도 아니었는데, 소심했던 터라 그 이후부터 말문을 닫았던 것 같다.

부모님은 내가 말을 너무 안 해서 걱정을 하신 나머지 병원에라도 데려가려고 하셨다고 한다. 그러던 어느 날,

내가 불현듯 말을 하기 시작했단다. 놀라운 것은 부모님께서 생각하신 것보다 훨씬 유창한 수준으로 대화를 하더라는 것이다. 갑자기 무슨 프로그램이 업그레이드된 것처럼 말이다. 말을 안 하던 것은 기억이 잘 나지 않는다. 그저 대화가 내 마음만큼 이루어지지 않아 상처받았던 일 그리고 혼자서 머릿속으로 한글을 깨치던 장면만 조각처럼 남아 있다.

돌이켜보면, 잘하지 못하는 걸 남에게 숨겼던 것 같다. 그만큼 남의 시선을 신경 쓰고 그들의 평가를 두려워했다. 누군가는 이런 행동을 비판할 수도 있겠지만, 타고난 성격이 그런 걸 어쩌겠는가. 발음이 어눌하다고 놀리던 친구들의 손짓과 웃음은 아직도 기억난다. 예민했다고 말할 수도 있겠지만, 못한다는 것을 어떻게든 감추고 싶은 마음이었다는 게 더 정확한 표현일 것이다.

그런 성격이다 보니 한 가지 좋아하는 것이 생기면 미친 듯이 몰두했다. 못하면 숨긴다는 것은 그만큼의 인정 욕구가 있다는 말이다. 좋아하는 것이 있으면 만족할 때까지 연습해서 다른 사람들에게 자랑하고 싶었다. 여기에서 중요한 사실은 내가 연습하는 과정은 보여주고 싶지 않았다는 점이다. 그저 어느 순간 '뿅' 하고 사람들 앞에 나타났을 때 "우와!" 하는 소리를 듣고 싶었다. 욕심도 참……. 과정을 드러내지 않고 무언가를 성취하려다 보니 말 그대로 홀로서기를 할 수밖에 없었다. 당연히 시간이 몇 배 이상 더 걸렸고 심리적, 신체적 에너지가 더 요구되었다.

그런 성향은 취미 생활을 하는 데도 반영됐다. 만약 내가 관심 있는 활동들을 남들처럼 그저 가볍게, 편안하게 접근했더라면 결과는 지금과 상당히 달랐을 것이다. 나는 취미마저도 못하는 모습을 들키기 싫었고 사람들에게 꽤 잘하고 있다고 인정받고 싶었다. 그러다 보니 뭘 하더라도 집착에 가깝게 매달렸고 미친 듯이 연습했으며 일정 수준에 도달하기 전까지는 누구에게도 취미 생활을 언급하지 않았다. 그렇게 흥미가 생긴 일을 제대로 즐기기 위한 체력을 기르는 법에 익숙해졌다. 시간과 노력을 투자해 취미를 발전시키고 나니, 단순히 재미있어서 하는 것을 넘어 애착이 생겼고 그것이 직업으로까지 발전되었다.

이것저것 해보는데 잘하지 못하니까 금방 흥미를 잃는 사람들을 많이 만난다. 어떤 것에 재능이 있는지 없는지를 떠나서, 내가 진짜 좋아하는 것인지 아닌지는 단기간에 알기 쉽지 않다. 물론 금방 알 수 있고 결정되는 것도 있기는 하겠지만, 대부분은 어느 정도의 시간과 노력을 투자하고 충분한 경험을 해봐야만 알 수 있다. 호기심이 진정으로 좋아하는 것이 되기까지는 언제나 약간의 시간이 필요하다. 그 취미가 전문적인 수준으로 발전하기까지는 더 많은 시간과 열정 그리고 진심이 요구된다.

세상에는 '잘하지 못하면 웃긴 거야'라는 분위기가 있는 것 같다. 스포츠 경기에 미숙한 실력의 선수가 나오면 야유하며 웃기도 한다. 그들은 모든 신경을 곤두세우고 최선을 다하고 있음에도 우리는 때로 그 노력을 폄하한다. 그들은 그저 자신에게 필요한 시간을 충실히 보내고 있는데도 말이다.

누구나 같은 속도로 성장하지 않는다. 누구든지 처음부터 잘할 수는 없다. 그저 꾸준히 버티는 거다. 그러다 보면 어느덧 몇 배의 재미가 붙고 결국 잘할 수 있게 된다. 누군가에게는 그게 전문적인 취미로 자리 잡을 것이고, 누군가는 그걸로 인해 직업을 바꿀 수도 있다.

"야, 새로운 취미 만들지 말고 예전에 하던 거 다시 시작해봐."

이 말을 들은 친구는 몇 달 뒤 문자 한 통을 보내왔다.

"요즘 그림 다시 그린다. 이걸 왜 잊고 살았나 몰라. 인생이 풍요로워졌다. 고맙다, 친구!"

나만의
여행을
완성하는
법

브레이킹 배틀에는 독특한 문화가 하나 있다. 브레이킹은 과거 뉴욕의 빈민가에서 일종의 놀이로 시작됐는데, 춤 동작으로 자신의 정체성을 드러내려는 성향이 강했다. 물질적으로 자랑할 만한 게 없으니, 독보적이고 창의적인 본인만의 동작을 만들어 재산이자 자랑으로 삼았다. 그러다 보니 어떤 선수가 기술을 아무리 잘 소화하고 멋지게 표현한다 해도 남의 동작을 베낀 것으로 판단되면 감점을 받는다. 심지어 남의 동작을 따라 했다는 '카피' 사인이 있을 정도다. 이 신호를 받으면 당사자는 큰 모멸감을 느낀다. 간혹 감정싸움으로 번지기도 할 정도니, 선수들에게 카피라는 것이 얼마나 예민한 문제인지는 더 설명 안 해도 이해가 되리라 믿는다.

춤을 추러 다닌 20년 넘는 기간 동안, 브레이킹의 이러한 요소들에 내 삶은 말할 수 없을 정도로 긍정적인 영향을 많이 받았다.

우리는 어릴 때부터 사회라는 틀 안에서 살아남을 수 있도록 교육받는다. 어릴 때는 집에서, 자라면서는 학교에서, 나이를 더 먹으면서는 사회와 각종 단체 내에서 경험하며 배운다. 부모님, 형제, 선생님, 선배, 직장 상사들은 자신들이 지나온 과정을 알려주며 때로는 그대로 할 것을 강요한다. 그러다 보니 종종 자신의 미래를 정하는 중요한 선택을 할 때도 수동적으로 남들이 하는 대로 타성에 젖어 결정을 내리는 경우가 왕왕 있다. 물론 교육은 중요하다. 선배들이 겪고 배워온 삶의 지혜를 짧은 시간 내에 효율적으로 얻을 수 있는 과정이기 때문이다. 고민이 있거나 문제가 생겼을 때, 나보다 더 많이 살아온 선배들을 찾아가는 연유도 그것일 것이다. 최근에는 조언을 해주는 선배에게 '꼰대'라는 딱지를 붙이고 입막음하려는 경향이 생겼지만, 나보다 먼저 경험한 사람들에게 소주 한 잔과 함께 얻어먹는 지혜한 그릇은 삶의 거름이 되기도 한다. 이때 중요한 것은 그들이 내어준 것을 받아들이는 자세다. 그것들을 나만의 경험으로, 지침으로 만들기 위해 고민하고 또 고심해야 한다.

인간이라면 누구나 독보적이고 독창적인 존재가 되고 싶어 한다. 그런데 막상 새로운 길로 가려고 하면 그 역시 망설여지고는 한다. 남들이 가지 않는 곳은 언제나 외롭고 춥다. 다른 발자국이 찍히지 않은 길에는 이정표가 없기 마련이다. 방향을 물어볼 사람이 없는 경우가 태반이다. 막다른 골목을 마주하기도 하고 어두운 터널을 지나기도 한다. 끝없는 의심과 불안이 생긴다. 하지만 그 길을 개척하고 끝에 다다르는 순간, 누구보다 '독창적'이고 '독보적'인 존재가 탄생한다. 우리는 그러한 사람을 선구자라고 부른다. 미국의 26대 대통령인 시어도어 루스벨트는 이런 말을 남겼다.

"모방보다는 창조가 언제나 낫다."

맞는 말이다. 모방자는 창조자의 바로 뒤까지 추격할 수는 있어도 새로운 것을 고안해내기 전까지는 창조자를 앞설 수 없다. 모방자는 그저 폴로잉following만 할 수 있을 뿐, 절대로 리딩leading을 할 수 없다.

브레이커의 삶을 살아온 나에게 '창조하는 삶'은 가장 중요한 지침이었다. 댄서가 남의 춤을 따라 하면 인정을 못 받고 명성을 잃듯이, 나도 인생을 폴로어follower가 아닌 리더leader 그리고 크리에이터creator로서 살고 싶었다.

2018년 평창 동계올림픽 직전, 머리도 비울 겸 인도네시아 발리로 혼자 여행을 갔다. 발리는 모두가 선호하는 관광지다. 천혜의 자연과 바다, 수많은 놀거리가 있는 곳. 카피를 싫어하는 브레이커 출신인 나는 남들이 가는 그 흔한 길을 가고 싶지 않았다. 지도를 펼쳐놓고 발리 근처를 찾다 보니 우붓이라는 도시가 눈에 들어왔다.

"42킬로미터? 까짓것, 걸어가보지, 뭐."

스웨덴에서 110킬로미터를 완전군장을 한 채 4박 5일 동안 걸어본 경험도 있었던 터라, 42킬로미터 정도는 쉬워 보였다. 여행 책에 나오지 않는 길을 가보고 싶었다. 관광지가 아닌 현지 사람들이 사는 발리를 경험해보고자 했다.

발리에 도착하자마자 각종 자료와 인터넷을 검색했지만, 우붓까지 걸어가는 길에 대한 정보는 찾을 수가 없었다. 호텔 직원이나 현지 사람들에게 물어봐도 도보로 가는 사람은 본 적이 없다고 할 정도였다. 좋았어! 그렇다면 도전은 더 의미가 있을 거였다.

드디어 출발하는 날이 다가왔다.

아침 7시에 호텔에서 큰 배낭을 하나 메고 나와 구글 지도를 따라 하염없이 걷기 시작했다. 화려한 호텔 단지를 약 30분 만에 벗어나는 순간, 놀라지 않을 수 없었다. 관광지가 아닌 발리는 그동안 봐온 곳과는 너무나도 달랐다. 심한 매연과 수많은 자동차, 사람만큼이나 많이 돌아다니는 고양이까지……. 이것이 진짜 발리구나.

발리에서 우붓까지 걸어가면서 노점상에서 간식도 사 먹어 보고, 박물관에 들러 인도네시아 역사도 공부했다. 유적지에서 마주친 원숭이와 사진도 찍고, 사원에 들러 현지

인들이 숭배하는 신들도 만났다. 차로 가면 한두 시간이면 도착할 거리였지만, 온종일 걸어도 목표했던 우붓에 도착할 수 없었다. 사람도 다니지 않는 수풀 한복판에서 잠을 잘 수는 없다는 생각으로 필사적으로 이동해 약 열세 시간 만에 우붓 근처까지 겨우 오게 되었는데, 문제는 숙소를 따로 잡지 않고 무작정 떠났다는 것이었다. 이렇게 오래 걸릴 줄 알았나, 뭐……. 즉흥 여행이 콘셉트였던 터라, 가능한 한 인터넷을 이용하고 싶지는 않았다. 사람 사는 도시니 잘 곳은 있겠지, 날이 따뜻하니 길에서 자는 것도 괜찮기는 하겠다고 생각하면서 한 식당으로 들어갔다. 해외 관광객들이 많이 오지 않는 곳이라 사장님도 지친 모습으로 들어와 식사를 주문하는 나에게 흥미를 보이며 꽤나 재미있다는 표정으로 이것저것 물어보기 시작했다.

"그래서…… 오늘은 어디서 자요?"

"저요? 저…… 아무 계획이 없어요. 요 앞에 있는 공원에서 잘까 고민 중이에요."

"에이, 그러면 안 되지. 우리 집에서 자고 가요."

"……예?"

그렇게 그날 처음 만난 아저씨의 집에서 하루 묵게 되었다. 사장님의 어머님과 부인, 동생과 아이들까지 다 같이 사는 대가족이었다. 그곳에서 아직 초등학생인 아이들과 마이클 조던 이야기부터 한국의 케이팝 이야기까지 밤늦도록 수다를 떨었다. 인도네시아의 평범한 가정집에서 평범한 밥을 먹고 평범한 잠자리에서 특이한 밤을 보내며 잊지 못할 추억을 만들었다.

남들이 다 가는 안전한 길을 택했다면 아마도 그런 경험을 평생 하지 못했을 것이다. 하지만 조금 돌아가더라도, 조금 느리더라도, 꼭 나만의 길을 걸어보고 싶었다. 그것이야말로 가장 중요한 가치였으며 남에게 카피 사인을 받지 않을 방법이었다. 배틀을 할 때도 그랬고 살면서도 그랬지만, 카피 사인을 받는 것이 무엇보다도 싫었다.

이렇게 이야기가 끝나면 참 해피 엔딩일 텐데, 역시 현실은 그렇지 않았다. 다시 발리로 돌아가는 길도 문제였다. 마음씨 좋은 사장님 댁을 떠나 걸어도 걸어도 목적지에 도착할 기미가 안 보였다. 이 무슨 데자뷔란 말인가……. 전날하고 상황이 비슷했다. 차이가 있다면 도시가 바뀌었다는 것 정도…….

"에이, 도저히 안 되겠다."

나만의 길을 개척하겠다는 스스로와의 약속을 깨고 택시를 잡기로 마음을 먹었다. 한결 가벼워진 마음으로 택시를 불러봤지만, 문제는 (또다시) 시간이 이미 너무 늦어 도저히 택시를 잡을 수가 없다는 것이었다. 그래서 (또 다시) 노숙을 생각하던 찰나, 길 건너에 있는 한 건물이 눈에 들어왔다. 밤 11시에도 환하게 불을 비추고 있는 저 건물……. 아, 그곳은 정녕 오아시스였고 구원이었다. 그곳의 이름을 아직도 잊지 못한다. 이름하여, 경찰서.

"무엇을 도와드릴까요?"

"혹시 택시 좀 잡아주실 수 있으신가요. 하하하."

인상 좋은 경찰관 형님은 친절히 현지 택시를 불러주고 커피까지 타주었다. 형님은 택시가 도착할 때까지 한국에 대해 궁금한 점들을 서투른 영어로 물어보며 나중에 꼭 한국에 가보고 싶다는 말을 했다.

"언젠가 꼭 오세요, 형님."

지금까지도 발리는 나에게 휴양지보다는 모험 장소로 기억되고 있다. 스스로 만들어갔던 모험, 그렇게 만났던 소중한 인연들, 그리고 추억들까지……. 남들이 하는 대로 모방하며 따라가는 것이 아닌 내가 정한 길을 걸었기에, 나만의 여행이 완성될 수 있었다.

물론, 모방이 무조건 나쁜 것은 아니다. 모든 시작에는 누군가를, 무언가를 따라 하는 과정이 있으므로. 그 단계를 거쳐야만 독창적인 생각에 도달하므로. 그렇기에 모방의 가치는 무한하다. 하지만 독창성을 가질 수만 있다면, 그것이 모방보다 언제나 좋을 수밖에 없다고 확신한다. 내가 스스로 만들어가는 길. 그것은 세상에서 유일한 경험이라는 무기를 얻게 되는 길이라는 것을 브레이킹을 하며, 여행을 하며 직접 몸으로 겪었기 때문이다.

자신만의
속도로
달려도
된다

"아, 수리가 안 되겠는데요."

"네……."

내 휴대전화는 고장 나면 수리가 안 되는 시한부 폰생(?)을 살고 있다. 아니, 21세기 대한민국에서 수리가 안 된다니? 이유는 따로 있다. 내 휴대전화는 2009년식 애니콜 울트라 햅틱 슬라이드 폰이기 때문이다. 슬라이드 폰이 뭔지 모르겠다면, 그저 옛날에는 그런 휴대전화도 있었더랬다 정도로 이해해주시길. 물론 내비게이션, 카메라 혹은 SNS 앱을 사용하기 위한 스마트폰도 한 대 있기는 하다. 하지만 그 기계는 몇몇 기능만 사용하는 용도일 뿐, 여전히 나의 통신망은 구형 슬라이드 폰이다.

애플리케이션도 깔 수 없는 구형 3G 휴대전화를 쓴다고 하면 많은 사람이 어떤 특별한 장점이 있어서 그럴 것이라고 예상한다. 하지만 당황스럽게도 장점이 거의 없고 단점이 훨씬 많다. 우선 신호가 잘 안 잡힌다. 3G 기지국을 줄여서인지, 특히나 한강 위의 다리를 건널 때나 지하에 있을 때는 정말이지 신호를 잡기가 어렵다. 아마도 기지국 간의 전파가 닿지 않는 사각지대가 많아서 그럴 것이다. 거기에 보안이 최악이다. 혹시라도 휴대전화를 잃어버리면 그 안의 연락처와 문자메시지 등은 고스란히 노출될 수밖에 없다. 그리고 이제는 연식이 너무 오래되어 수리가 불가능하다. 부품이 더는 생산되지 않기 때문이다. 서비스 센터 직원의 안타까운 표정에서 내 휴대전화가 얼마나 강제 연명을 하고 있는지 새삼 느낀다.

"그래도 아직 너를 보낼 수는 없어."

이러한 단점들에도 불구하고 구식의 3G 휴대전화를 쓰는 이유는 대체할 수 없는 몇 가지 장점들이 여전히 존재하기 때문이다. 우선, 배터리가 오래간다. 무려 14년 전의 배터리가 아직도 나흘을 간다. 거기다가 교체식이다. 휴대전화 뒷면의 덮개를 열어젖히고 배터리를 교체하는 그 멋짐이란……. 보안이 취약한 것도 때로는 장점이 된다. 누구라도 내 휴대전화를 몰래 들여다볼 수 있으므로 그 어떠한 번호도 저장해두지 않는다. 그 대신 100명이 넘는 사람들의 전화번호를 외운다. 가족들의 전화번호조차 못 외우는 것이 일상다반사인 이 사회에서 나는 3G 휴대전화를 씀으로써 뇌를 꾸준히 단련시키고 있다. 그 덕에 휴대전화를 챙기는 것을 깜빡 잊고 나왔을 때 꼭 필요한 연락을 못 할까 봐 마음을 졸이거나, 중요한 내용이 기억나지 않아 당황하는 경우가 없다. 꾸준히 머리를 써서 치매 예방을 할 수 있다는 점에서는 스마트폰과 비교 불가이다.

무엇보다도 구형의, 누군가는 심지어 리모컨인 줄 알

았다고 고백하는 이 기계를 포기하지 못하게 하는 가장 큰 장점은 세상의 속도를 따르지 않을 수 있다는 것이다. 스마트폰은 세상의 속도를 향상했다. 정보의 검색과 습득이 쉬워졌고, 사람 간의 소통 속도도 빨라졌다. 얼마나 빠른지, 카카오톡의 숫자 1이 사라지고도 답장이 없을 때는 '읽씹'의 죄목을 적용받게 된다. 문자를 보내던 시절에 한 시간이고 두 시간이고 기다리던 여유는 없어졌다. 생각해보면 불과 10년 전만 해도 우리는 카카오톡 없이 잘 살았다. 저마다의 속도로 말이다. 기술의 혁명은 개인의 속도를 하나로 통일시켰다. 그것도 최고 스피드로……

난 항상 트렌드에 둔감했다. 그 말은 세상의 속도와 내 속도가 다르다는 뜻이다. 혹자는 방송하는 사람이 유행에 뒤처지는 것은 직무 유기라고 말하기도 한다. 트렌드를 만들어나가야 하는 방송인으로서 최선을 다하지 않는다는 것이다. 그렇게 생각할 수도 있다. 하지만 모두가 최신의 것을 좇는 방송계에 나 같은 사람도 있어야 다양성의 재미가 생기는 것 아닐까.

모두가 자신만의 속도로 달려도 된다. 나 역시 내가 선택한 속도로 살아가려 한다. 그래서 굳이 인생에 '불편'이라는 프레임을 씌운다. 스마트폰은 인간에게 편리함과 거

리감을 동시에 선물한 엄청난 혁신이었다. 아이러니하게
도 지금의 알파 세대는 전화 공포증을 앓고 있다고 한다.
쉽게 전송할 수 있는 인스턴트 메시지에 너무나도 익숙해
진 나머지 사람의 목소리를 들으며 다정히 나누는 대화에
대한 공포가 생겨버린 것이다.

"여보세요? 뭐 해?"라며 안부를 묻는 설렘과 기대감
이 이제는 공포와 괴리감으로 변해버렸다는 사실에 한편
으로는 연민을 느끼고, 다른 한편으로는 맞서보고 싶다는
마음이 생긴다. 도전하는 마음으로 끝까지 불편하게 살아
보려고 한다.

여전히 난 문자보다는 전화로, 전화보다는 만나서 이
야기하는 걸 선호한다. 서로의 속도를 인정하고, 각자의 쉼
을 이해해줄 수 있는 대면 대화야말로 인간이 가장 인간다
울 수 있는 방법이라 믿고 있다.

나는 배우다. 배우는 세상의 각종 이야기를 전하는 소
리꾼이다. 가장 아날로그한 방법으로 인간의 감정을 움직
여야 한다. 더 나은 배우가 되기 위해서 최대한 인간다움을
유지하고 싶다. 그래서 상대와 눈을 마주 보고 말할 기회를
최대한 많이 갖는다. 만나기 전의 기분 좋은 설렘이나, 눈
을 보고 상대를 배려하며 건네는 말들을 즐긴다. 마주하며

서로의 이야기에 공감하고 교감하는 순간들이 좋다. 문자나 전화 통화 역시 매력 있지만, 직접 만나는 것만큼 정겹고 오해가 생기지 않는 건 없다. 이게 구형 휴대전화를 양보할 생각이 없는 이유다.

마라톤 대회에 나간 적이 있다. 두 발로 마포대교를 건넌 것은 그때가 처음이었다. 내게 마포대교란 자동차로 건너는, 길이 안 막힐 때는 지나가는 데 1분 정도밖에 걸리지 않는 그냥 평범한 다리였다. 그런데 그날은 다리가 완전히 다르게 느껴졌다.

"헉. 헉. 헉. 뭐야, 뭐야?"

다리는 웅장했고 주변 경관은 아름다웠다. 새 떼들이 나는 모습이 선명하게 보였고, 강 소리가 들렸다. 강에서 이런 소리가 난다는 걸 그때 처음 알았다. 자동차로 스쳐 지나던 마포대교는 두 다리로 건너는 데 10분 이상이나 걸리는 엄청난 크기였다. 바쁘게 지나가지 않고 오롯이 느낄 때, 비로소 보이지 않던 것들이 보이고 들리지 않던 것들이 들렸다. 느끼지 못했던 것들이 느껴지기 시작했다. 평소에 내가 건너던 마포대교가 달라진 것이 아니었다. 빠름이 주지 못했던 선물을 느림은 품고 있었다.

"예쁘다."

누군가는 10대에 직업을 갖기도 하고, 누군가는 30대가 돼서야 직업을 갖는다. 세상의 속도에 익숙해진 우리는 10대에 직업을 찾은 사람에게 더 큰 점수를 주고는 한다. 하지만 만약 그 사람이 20대에 퇴사하여 이곳저곳을 전전하고, 반대로 30대에 일을 시작한 사람이 그간의 경험을 살려 승승장구하며 40대에 임원이 된다면, 누가 더 페이스 조절을 잘했다고 말할 수 있을까?

버락 오바마는 55세에 미국 대통령 임기를 마쳤고, 도널드 트럼프는 70세에 미국 대통령에 취임했다. 시작과 끝의 나이가 다를 뿐, 두 사람 모두 미국 대통령이었다는 점은 같다.

느리다고 해서 실패하는 것도, 뒤처지는 것도 아니다. 누구에게나 자기만의 속도가 있다. 물리학자들은 빠름이라는 것은 상대적인 개념이지 절대적인 개념이 아니라고 말한다. 우리의 삶도 마찬가지다. 묵묵히 걸어가는 그 속도는 내가 정해야 한다. 오늘도 나는 3G 휴대전화를 통해 좀 더 느리게 살아가고 있다.

2부

열정의 반대말은

아무것도

하지 않는 것

좋아하는
것들을
포기할 수는
없어서

사람들이 나에 대해서 놀라는 부분이 있다. MBTI가 I로 시작한다는 것, 결혼을 했고 아이가 둘이라는 것 그리고 시골 출신이라는 것.

나는 옥수수 재배로 유명한 미국의 시골 마을에서 어린 시절을 보냈다. 정확하게 이야기하면 소도시 정도로 칭할 수 있겠다. 초등학교는 한국에서 다녔으니, 따지고 보면 미국에서 그리 오래 산 것도 아니다. 하지만 어렸을 때의 기억이 평생을 좌우한다고 누군가 그랬던가. 어린 시절 집 뒷동산에서 반딧불이를 잡으며 기뻐했던 것, 지렁이를 잡으러 다녔던 것, 내 키보다 훨씬 큰 해바라기들이 가득한 밭에서 길을 잃었던 것, 자연을 벗 삼아 밤늦게까지 친구들과 원 없이 뛰어놀던 것은 추억으로 남아 지금까지도 내 삶의 방향을 비춰주는 등댓불이 되어주고 있다.

드넓은 자연에서 겁 없이 즐기던 기억 때문인지, 어렸을 때부터 원하는 것이 있으면 언제나 자유롭게 시도해보곤 했다. 잘할 수 있는지, 성공할 수 있는지에 대해서는 생각하지 않았다. 그저 한번 해보는 것에서 쾌감과 행복을 느꼈다. 하고 싶다고 하면 뭐든 해볼 수 있게 지원해주셨던 부모님의 영향도 컸다. 한국에 온 후에 성악, 농구, 스노보드, 브레이킹, 연기 등을 해봤다. 관심이 생기면 반드시 체험해보고 싶은 호기심, 그 원리를 깨치고 싶은 탐구심, 남들과 그 활동을 함께 하고 싶은 마음이 해소돼야만 비로소 밤에 잠을 잘 수 있었다. 어떤 것에 흥미를 느껴 배워보고 싶다고 생각하더라도 쉽게 실행에 옮기지 않는 우리나라의 문화에 비추어봤을 때, 나는 분명 '나서는 아이'였고 '튀는 아이'였다. 하지만 내 방식대로 표현하자면, 그저 '해보는 아이'였다.

바쁘고 치열했던 학창 시절을 보낸 뒤, 너무나도 운이 좋게 그토록 원했던 대학에 진학했다. 전공은 체육교육학. 진정으로 사랑하는 스포츠를 전공하는 학생이 된다는 것에 대한 자부심과 만족감은 그 누구보다 높을 수밖에 없었다. 하지만 입학 후에는 이제까지 몰랐던 특이한 선입견과 마주하게 되었다. 예체능 학생들이 종종 받게 되는, 바로 공부보다는 운동으로 입학했다는 시선이었다. 3월에 처음 느낀 캠퍼스의 낭만은 결코 따뜻하지만은 않았다.

정확히 설명하자면, 체육교육과에 입학하려면 기본적으로 수능 성적이 좋아야 하고, 거기에 실기 시험까지 통과해야 한다. 즉, 다른 수험생들보다 더 험난한 입시 과정을 겪는다. 물론 수능 성적만으로는 다른 과에 비해 커트라인이 낮을 수 있겠지만, 분명한 건 지덕체를 겸비해야 한다는 거다. 그런데도 예체능 계열에 대한 선입견은 존재했다. 사회적으로 왕성한 활동을 하는 어떤 선배가 학력에 체육교육과를 숨긴 채 사범대학 출신이라고만 적은 것을 보면, 누군가는 그러한 불편한 시선을 피하고 싶었을 것이다. 나는 다르게 받아들이고 싶었다. 한번 제대로 맞서서 이야기하고 싶었다.

"저희 머리 나쁘지 않아요. 하하하⋯⋯."

그 시선을 혹은 그 자격지심을 극복하기 위해 1학년 2학기 때부터 다른 과 전공 수업을 매 학기에 하나씩 듣기 시작했다. 법학과, 경영학과, 사회학과, 농업생명과학대학 등에서 타과생에게 허용된 수업을 들었다. 기본적인 지식이 없는 것도 문제였지만, 해당 수업에 이방인이 나뿐이라 닭장 안 오리가 된 기분이었다. 수업을 따라가는 것조차 버거웠지만, 내 목표는 단 하나였다. A 학점을 받는 것. 체육교육과가 무시당하는 것만 같아 그들의 선입견을 깨고 싶어 시작한 거였지만, 점점 다른 과의 학생들이 우리 과에 대해 그런 생각을 실제로 하고 있는지는 중요하지 않게 되었다. 사실, 확인할 수도 없었다. 다만, 나의 다소 무리한 시도는 그 자체만으로도 점차 빛을 발하기 시작했는데, 여러 분야를 알아간다는 즐거움에 빠졌기 때문이다. 무엇이든 궁금한 것이 있으면 일단 해보려고 했던 오랜 행동 방식이 내 삶을 더 풍성하고 재미있게 만든다는 것을 알아버렸다. 그 후, 궁금한 것이나 해보고 싶은 것이 있으면 무조건 뛰어들었다. 그것이 나의 20대였다.

해보고 싶은 걸 다 하는 생활은 행복했고 만족스러웠다. 다만, 가까운 몇몇 선배님들이 이러한 활동을 문제 삼기 시작했다. 나를 학과에 마음을 못 붙이고 겉도는 부적응자라고 생각한 것이다. 그도 그럴 것이, 나는 당시 회사도 다니고 있었고, 방송에 데뷔하여 광고도 찍고 있었고, 프로 브레이킹 팀에도 소속되어 있었다. 거기다 다른 과 전공 수업까지 쫓아다니고 있었으니 얼마나 정신없어 보였겠는가. 한 선배는 졸업하기 전에 부디 하나라도 열심히 잘하라고 했다. 또 다른 선배는 조기 졸업을 한 뒤 회사에 들어가라고 조언하며, 1학년 때부터 확고한 목표를 정해놓고 사는 동기들을 본받으라고 했다. 학번 차가 꽤 나는 한 선배는 틈만 나면 지나가는 나를 붙잡고 내 삶이 얼마나 위험하고 충동적인지 설명해주었다. 교수님들까지도 걱정이 되셨는지 상담을 자처해주실 정도였다.

그 무수한 설득에도 내 역마살은 흔들리지 않는 안정감을 거부했다. 그때 나에게는 남들이 모르는 비밀 하나가 있었는데…… 사실 되고 싶은 직업이 없었다. 진로 특강, 직업 특강, 직업 탐색 과정을 아무리 들어봐도 원하는 직업을 찾을 수 없었다. 하고 싶은 것이 없었다는 게 아니다. 좋아하는 것이 너무나도 많은데 평생 하나의 직업을 갖고 살아간다는 것에 동의할 수 없었다. 세상에는 이렇게나 많은 이야기가 존재하는데, 내 관심사도 이렇게나 다양한데, 100세까지 살아야 하는데 스무 살에 이미 앞으로의 길을 하나로 결정해야 한다니…… 하나의 직업을 선택하는 순간, 수많은 시도를 하던 내 모습을 그리워하며 오히려 더 불안한 삶을 살게 될 것만 같았다. 그래서 더더욱, 진로를 정해야 하는 졸업 전까지 할 수 있는 것들을 마음껏 해보고 싶었다. 그 마음이 다른 이들에게는 갈피를 잡지 못하고 방황하는 모습으로 보였을 것이다.

물론, 다양한 일에 도전하는 것을 당연하게 여겼다고 해서 불안하지 않은 건 아니었다. 세상이 규정해놓은 속도에서 분명 뒤처지고 있었다. 동기들이 취업할 때, 난 겨우 군 휴학을 마치고 복학을 했다. 동기들이 첫 승진을 바라볼 때, 난 복수 전공을 하고 있었다. 동기들이 졸업할 때, 난 졸업 기준인 130학점을 훌쩍 넘긴 190학점까지 수강하고 있었다. 내색은 안 했지만 초조했다. 마음속 아주 깊은 곳에서부터 불안함이 올라왔다. 하고 싶은 것만 하면서 살고 싶은 마음 때문에 죄책감 같은 것도 느껴졌다. 남들은 모든

것을 희생하면서 이 사회에 순응하는데, 나 혼자만 욕심을
채우기 위해 주어진 책임을 다하지 못하는 것 같았다. 자유
로운 영혼인 척하고 있었지만, 난 어쩔 수 없는 유교 사상
의 제자였다.

그렇다고 좋아하는 것들을 포기할 수는 없었다. 어렸
을 때 밤이 되면 뒤도 안 돌아보고 반딧불이로 뒤덮인 뒷
동산으로 뛰어나가던 꼬마, 비가 오고 나면 길바닥을 뒤덮
은 지렁이를 잡으러 나가던 아이, 보름달이 환하게 비추는
들판에서 밤새 춤을 추던 어린이가 여전히 내 안에 있었다.
하고 싶은 것을 하는 삶이야말로 가장 의미 있다고 믿었다.

알록달록, 울퉁불퉁 누구와도 다른 모양으로 빚어진
박재민이라는 고유의 반죽이 하나의 정형화된 직업이라는
틀에 맞춰질 수는 없다고 생각했다. 세상의 틀에 들어가기
위해 평생 빚어온 내 반죽을 깎아내고 뜯어내고 벗겨내기
보다는, 나만의 모양을 덮어줄 수 있는 직업이라는 틀의 개
수를 늘리기로 했다. 그러다 보니 어느새 내 반죽은 본연의
모양을 유지한 채 다채로운 틀들에 덮이게 되었다. 마치 보
호막처럼……

누군가는 여전히 이리저리 바쁘게 관심사를 바꾸는
나의 삶이 불안하다고, 안정적이지 못하다고, 욕심이 과하

다고 할지도 모르겠다. 적어도 나는 이러한 삶이 나쁘지 않다. 아니, 좋다. 정말 좋다. 살아오면서 빚어놓은 나라는 반죽을 조금도 덜어낼 필요가 없기 때문이다.

들판을 뛰어노는 여섯 살의 재민이는 마흔두 살의 재민이에게 늘 이야기하고 있다.

"변하지 않아서 고마워."

꿈이
없는 건
무서운 게
아니다

tvN 간판 예능인 〈유퀴즈 온 더 블록〉에 출연하면서 직업이 많다며 '십잡스'라는 별명이 붙었다. 그런 십잡스의 일 중 하나가 교수이다 보니, 학교에 특강을 나갈 일이 종종 생긴다. 초등학생부터 중학생, 고등학생은 물론 대학생과 학부모, 군인, 직장인까지 대상은 다양하다. 부족하지만 특이한 궤적을 그려온 내 삶을 많은 사람에게 공유하고 그들과 소통한다. 한 번도 누군가에게 좋은 본보기가 될 수 있다는 생각을 해보지 못했지만, 분명 나를 강연자로 초빙한 데는 이유가 있을 터. 그래서 강의마다 최선을 다해 그들에게 도움이 될 만한 이야기를 한다.

내 강의는 주로 꿈을 묻는 것으로 시작한다. 입에 머금는 것만으로도 가슴이 뛰게 되는 그 단어, 꿈. 그런데 특히 중학생, 고등학생들을 대상으로 강연하다 보면 꼭 듣게 되는 말이 있다.

"꿈이 없어요."

꿈이 없다니. 누구나 하고 싶은 것이 있기 마련이다. 눈을 뜨면 가장 먼저 찾게 되는 것이 있고, 생각만 해도 가슴 뛰는 대상이 있으며, 가고 싶은 장소, 먹고 싶은 음식, 듣고 싶은 음악, 하다못해 가까이 있는 것만으로 마음이 편해지는 무언가가 있기 마련이다. 꿈이라는 것은 삶을 살고 싶은 방향이다. 지금 당장 이룰 수는 없지만 나를 그곳으로 이끄는 원동력. 지쳐 있을 때 나를 일으켜 세워주는 힘. 그것이 꿈이다. 꿈이 없다는 말을 들을 때마다 나의 대답은 늘 같다.

"아니, 꿈은 있겠지. 되고 싶은 직업이 없는 거겠지."

한창 성장하고 있는 청소년들이 하고 싶은 것이 없다는 데 두려움과 죄책감을 느끼는 경우를 많이 본다. 꿈이 없는 삶은 뭔가 무의미하고 게으르다고 생각하는 듯하다. 삶의 중심이 없고 무능력하다고 여기는 듯싶다. 어렸을 때부터 꿈을 반드시 가져야 한다고 배워왔기 때문이다. 꿈이 없는 학생은 이러한 조기교육의 결과물에 부합하지 못하는 자기 모습에 이른 좌절을 맛봤을 것이다.

묻고 싶다. 과연 우리는 꿈을 찾는 방법에 대해서 배운 적이 있었던가. 꿈이라는 것이 정녕 무슨 의미인지 알려준 사람이 있었던가.

꿈이란 장래 희망이고, 장래 희망은 직업 혹은 진로라고 익혀왔다. 꿈이 반드시 어떤 특정한 직업으로 귀결되어야 하는 공식. 우리는 그 공식의 해답을 찾는 것이야말로 삶의 가장 중요한 임무 중 하나라고 알아왔다. 이 넓은 세상에 흩뿌려진 직업 중에서 원하는 것을 찾지 못하면 꿈이 없는 사람이 되어버린다. 좋아하는 무언가를 직업이라는 틀에 끼워 맞추지 못하면 꿈이 없는 것이 되고 만다. 적어도 내가 본 세상은 그랬다. 꿈이 반드시 하나의 직업이어야 하는 세상.

꿈이라는 단어는 나에게 직업이 아닌 이정표였다. 삶의 궤도를 설정해주는 방향타이자 앞으로 나아갈 수 있게 해주는 가장 큰 에너지였다. 내 꿈은 어릴 때부터 변한 적이 없다. 가족과 오래오래 행복하게 살기. 남들과는 조금 다른 내 꿈은 천천히, 하지만 꾸준히 내가 의도하는 쪽으로 전진하고 있다.

하고 싶은 게 없어도 우리는 지금을 살고 있다. 살고 싶은 마음, 더 나아가 잘 살고 싶은 마음. 그것이 모두의 가장 근본적인 꿈 아닐까.

간혹 본인이 무엇을 하고 싶은지 모르는 사람들을 만날 때도 있다. 정말로 좋아하는 것이 없고, 눈을 뜨는 것이 고통스러운 사람도 있다. 이들이 죄책감을 느끼지 않았으면 좋겠다.

"난 아무것도 하고 싶은 게 없어."

이런 말을 하는 분들에게 팁을 드리고 싶다. 누구나 하루에 몇 시간, 혹은 잠시라도 꼭 하는 행동들이 있다. 버릇처럼 나도 모르게 하는 것들……. 거기에서 시작해보면 어 떨까. 그것이 식사가 될 수도, 명상이 될 수도, 운동이 될 수 도, 게임이 될 수도 있을 것이다. 만약 당신이 종일 게임만 했다면, 그걸 엄청 더 열심히 해보시라. 더 열심히, 더 열 정적으로, 더 진지하게. 그저 시간을 흘려보내는 것이 아 닌, 모든 열의를 쏟아부어 게임 세계에서 최강자가 되어보 는 거다. 삶의 목적이 없는 상태에서는 뭐라도 즐겁게 하 고, 그걸 통해서 하고 싶은 것을 찾는 게 중요하다. 그렇게 게임을 열심히 하다 보면, 가게를 차려 게임 판매라도 하게 되지 않을까? 매일 진심으로 즐겁게 하던 분야이니, 게임 을 팔 때 고객에게 엄청나게 잘 설명해줄 수 있지 않을까? 꿈이 없다고 겁먹지 말고 하루하루를 좋아하는 것들로 채 우다 보면 전혀 예상하지 못했던 곳에서 길이 열릴 거라고 믿는다.

하고 싶은 걸 늦게 발견해도 괜찮다. 시작이 늦었다고 그사이에 아무것도 하지 않은 건 아니니까. 늦은 만큼 다른 것들을 보고 듣고 느꼈을 테니, 그 경험들이 지금 잘하고 싶 은 것에 스며들어 가파르게 성장할 수 있을 것이다. 그리고 어느 순간, 나보다 훨씬 일찍 그 일을 시작해 앞서가던 어떤 사람과 같은 선상에 서 있는 모습을 발견하게 될 거다.

꿈이 없는 건 무서운 게 아니다. 아무것도 하지 않는

게 무서운 거다.

누구에게나 한 움큼의 보따리가 있다. 우리는 이 보따리에 좋아하는 구슬들을 담는다. 나에게는 그것이 스노보드였고, 농구였고, 브레이킹이었다. 중학교 때부터 방과 후 활동으로 많은 시간을 쏟았던 꽃꽂이도, 노래, 연기도 내 구슬이었다. 하지만 시간이 지남에 따라 사회는 보따리에서 구슬들을 빼내라고 강요한다. 돈을 벌 수 있는 금색 구슬이 아니라면 살아가는 데 필요가 없다는 이유로 말이다. 보따리를 풍성하게 만들어주는 것은 금색 구슬이 아니라 구슬의 다양성이다. 구슬이 많고 내 보따리가 풍성하다면 그것은 분명 삶을 더 멋진 방향으로 이끄는 힘이 되어줄 것이다.

십잡스로 알려졌지만, 지금의 생활 방식이 안정적으로 자리 잡은 지는 4~5년밖에 되지 않았다. 그 전까지는 대체 무얼 하며 살아야 할지 몰랐다. 분명 어디론가 나아가고는 있는데 자신이 없었다. 사춘기 아이처럼 방황하다가 30대 중반에야 겨우 직업적으로 선명해졌다. 하지만 과거에도 나는 잘 살았고, 지금도 잘 살고 있다. 남들은 늦었다고 할지 모르지만, 적어도 한곳을 향해 가고 있다. 변한 적 없는 꿈, 바로 가족들과 행복하게 잘 사는 그 목표를 향해서.

늦는 건 결코 잘못된 게 아니다. 어디를 향해 가는지가 중요하다. 하고 싶은 게 많거나 무얼 좋아하는지 모르겠는 건 이상한 게 아니다. 일단 좋아하는 무언가를 발견했다면 계속해서 하면 된다. 사람들의 중간 평가는 절대적인 게 아니므로 신경 쓸 필요 없다. 그저 나에게 자신감이 있다면 말이다.

오늘도 내 꿈을 향해 달린다. 가족들과 행복하게 오래오래 살기 위해. 직업이 아닌 내 꿈을 향하여!

잘할 수
없는 것을
기꺼이
좋아하는 마음

비보잉으로 잘 알려진 브레이킹을 참 좋아한다. 내 입으로 말하기 쑥스럽지만, 나도 나름 1.5세대 브레이크 댄서다. 1.5세대란 무엇이냐? 1세대라고 하기에는 선배님들의 활동과 접점이 없고, 2세대라고 하기에는 그들보다 먼저 시작했다. 그렇다고 뚜렷한 성과가 있었던 것도 아니고, 동네에서 친구들과 어울려 다니며 옆 동네 도장 깨기를 하듯 배틀을 하던 세력이었으니, 이도 저도 아닌 1.5세대라 자칭한다. 뭐, 조금 더 직설적으로 이야기하자면 1세대 선배님들이나 2세대 동생들이 자기편에 안 끼워준다는 뜻이기도 하다. 다행히 관계는 매우 좋으니, 오해는 없길!

1990년대, 2000년대에 스트리트 댄스에 몸담았던 댄서라면 세대와 실력을 막론하고 반드시 공통으로 언급하는 프로그램이 있다. 바로 주한미군방송인 AFKN에서 방영한 〈솔 트레인Soul Train〉이다. 〈솔 트레인〉은 1971년부터 2006년까지 무려 35년의 세월 동안 미국의 비주류 음악, 패션 그리고 춤을 소개했다. 비주류라는 말에서 나오듯이, 이 프로그램에서 주로 다룬 장르는 디스코, 힙합, 브레이킹 등이었다. 나 역시 빙글빙글 도는 미국 댄서들의 멋진 춤 동작에 완전히 매료되었다.

〈솔 트레인〉을 보며 브레이킹에 대해 알게 됐고, 무작정 따라 하기 시작했다. 머리를 땅바닥에 처박아보기도 했고 등을 땅에 대고 풍차 돌리기를 시도하기도 했다. 물론, 그 어려운 동작들이 한 번에 텔레비전 속 실력 있는 댄서들처럼 될 리는 만무했다. 그래도 동작 그 자체가 멋있었고, 무엇보다 남들이 안 하는 걸 하고 싶다는 어린 시절의 호기로 계속 몸을 던졌다.

"야! 너 이거 할 줄 아냐?"

10대 시절 박재민의 우쭐댐이란 참…….

처음 춤이라는 것을 추었던 1995년 당시만 해도 전문적으로 스트리트 댄스를 배울 수 있는 곳은 없었다. 해외 광고 영상이나 유명 가수들의 뮤직비디오에 잠깐잠깐 나오는 장면이나 사진 속 동작 등을 따라 해보는 게 전부였다. 그래도 참 재미있었다. 두 장의 사진만 보고 한 동작에서 그다음 동작으로 연결하는 방법을 나름대로 고안해내기도 했고, 상상력을 더해 새로운 동작을 만들기도 했다. 춤은 친구이자 취미 그리고 창작 활동이었다.

고등학생이 되었을 때, 우연히 한 프로 브레이킹 팀을 알게 되었다. 인터넷에 나와 있는 공연 일정에 맞춰 롯데월드로 찾아갔다. 놀이기구라면 쳐다보는 것도 싫어하는 내가 입장권까지 구매했다. 몇 시간의 기다림 끝에 운동복을 입은, 누가 봐도 브레이커인 사람들이 커다란 가방을 메고 무대 쪽으로 걸어가는 모습이 보였다. 말 그대로 심장이 땅에 떨어질 것만 같았다.

'아니, 이렇게 멋있을 일이야?'

난생처음 보는 동작들을 끝도 없이 하는 진정한 댄서들을 마주한 순간이었다. 더는 참을 수 없었다. 교복을 입은 고등학교 1학년생 박재민은 공연이 끝나자마자 무작정 그들에게 달려가서 배우고 싶다고 했고, 그렇게 형들에게서 연습실 주소와 연락처를 받을 수 있었다. 드디어 프로 팀의 연습생이 된 것이다.

'세상에!!! 연습실도 이렇게 멋있다니!!!'

꿈만 같았다. 비록 춤을 잘 추지는 못했지만, 집에서 한 시간 거리의 연습실에 가면 언제나 춤을 보고 배울 수 있었고, 인간의 경지를 넘어선 동작을 하는 형들하고 호형 호제하는 사이가 되었다. 댄서로서의 내 인생은 정말 달콤했다.

이때까지만 해도 모르고 있던, 아니, 상상조차 할 수 없었기 때문에 모를 수밖에 없었던 사실이 하나 있었는데…… 바로 내 어깨 양쪽에 습관탈구가 있다는 거였다. 한쪽도 아니고, 양쪽이라니…….

미국 샌프란시스코에서 열린 소규모 배틀 대회에 현

지 친구들과 나간 적이 있었는데, 물구나무를 선 채로 도는 동작을 하던 중 갑자기 어깨에 한 번도 느껴보지 못한 꺾이는 통증이 났다.

뚝!

곧바로 바닥에 쓰러졌고 도무지 움직일 수가 없었다.

"악!!! 팔이 부러진 것 같아!!!"

몸속 깊은 곳에서부터 강하게 퍼지는 울림과 충격. 아니, 뭐 특별한 동작을 한 것도 아닌데 팔이 부러지다니…….
이런 변이 있나! 시간이 지날수록 골절인 것 같지는 않았다. 뭔가…… 조금 더 소름 끼치는 감각이었다. 그때 쓰러진 나를 둘러싸고 있던 군중들 사이에서 한 친구가 외쳤다.

"이거 탈골이야. 내가 맞춰줄게."

미식축구 선수였던 그 친구 역시 어깨에 습관탈구가 있어 내 상태를 정확하게 진단할 수 있었다. 그가 내 왼팔을 조심히 잡고 살짝 잡아당기는 순간, 어깨는 마치 자석에 철심이 들러붙듯 혹은 그토록 원했던 지하철의 빈자리에 재빨리 앉듯 다시 제자리로 돌아갔다.

"우왁!!!"

이렇게나 시원한 느낌이구나! 미국에서 한 번, 한국에 와서 또 한 번 정밀 검사를 받았는데, 처음으로 어깨 탈구를 경험한 것보다 더 놀라운 사실은 선천성이라는 것이었다. 어깨와 팔의 간격이 일반적인 수준을 벗어나 상당히 떨어져 있어서 압력을 조금만 받더라도 쉽게 탈구가 될 수 있다는 진단이 나왔다. 선천적인 문제 따위 노력으로 극복할 수 있다는 객기도 잠시였을 뿐, 한 번 빠지기 시작한 어깨는 그 이후로도 걸핏하면 본연의 자리에서 이탈했다. 수영을 하다가도, 세수를 하다가도, 엎드려서 베개 밑에 팔을 깔고 자다가도 어깨가 빠졌다. 무엇보다도 가장 고통스러웠던 것은 내가 그토록 사랑하는 춤을 더는 출 수 없다는 사실이었다.

마음의 상처가 상당했다. 어떤 동작도 할 수가 없었다. 조금만 연습해도 빠져버리는 팔로 무엇을 할 수 있었겠는가. 하지만 춤이 너무 좋았다. 춤판의 분위기를 사랑했다. 계속 그 자리에서 그들과 함께하고 싶었다.

그러던 어느 날, 한 선배가 브레이킹 대회의 사회를 봐달라고 부탁했다. 프로 팀 연습생일 때도 리더 선배가 현장 분위기를 끌어올릴 겸 진행을 해보라고 권유했던 적이 있었지만, 이번에는 전국 규모의 정식 대회였다. 분위기를 띄우는 정도의 역할만 해본 나에게 큰 대회에서 사회를 보는 것은 또 다른 도전이었다. 난 더는 춤을 출 수 없었다. 원래 잘 추지도 못했지만, 이제는 잘 추기 위해 연습조차 할 수 없는 상황이었다. 사회를 본다면 춤을 추지 않더라도 춤판에 계속해서 있을 수 있었다. 춤을 추건 사회를 보건, 춤판에 계속 있을 수 있다면 매한가지 아니겠는가. 열아홉 살, 정식 사회자로서의 경력이 시작된 순간이었다. 물론, 처음에는 조금 쭈뼛거렸지만 이내 진행을 보는 것에 재미를 느끼게 되었다. 이후, 브레이킹 대회에서 사회를 보는 내 모습을 눈여겨본 방송국 관계자의 추천으로 방송으로도 진출하게 되었다.

춤이 좋아 무작정 찾아갔던 공연장, 프로 팀의 연습생, 어깨 습관탈구, 뜬금없이 찾아온 사회를 보는 경험까지……. 이런 것들은 어떤 선택이나 활동이 단 하나의 결과만을 가져오지는 않는다는 것을 깨닫게 해주었다. 비록 잘하지 못하더라도 좋아하는 마음으로 꾸준히 계속하면, 다른 형태로도 기회는 온다는 걸 알려준 셈이다. 단, 조건은 있다. 정말 정말 정말로 좋아해야 한다는 것!

난 지금도 춤이 좋다. 참 좋다! 그래서 오늘도 난 춤판에서 마이크를 잡고 논다. 에헤야 디야!

숫자가 아닌
의미를
따라가는 길

"농구 좋아하세요……?"

농구를 좋아하는 사람이라면, 아니, 농구를 딱히 좋아하지 않더라도 2023년에 대한민국을 강타했던 〈더 퍼스트 슬램덩크The First Slam Dunk〉를 본 사람이라면, 혹은 그 이전에 《슬램덩크》라는 만화책을 한 번이라도 본 사람이라면, 어떤 가슴 뛰는 일하고도 비교할 수 없는 그 대사를 기억할 것이다. 바로 주인공 강백호가 짝사랑하는 채소연에게 받은 그 질문.

"농구…… 좋아하시냐고요?"

그리고 강백호의 대답까지……!

"네, 아주 좋아합니다. 난 스포츠맨이니까요."

농구를 정말 좋아한다. 그중에서도 NBA 인디애나 페이서스라는 팀의 열광적 팬이다. 우리나라로 치면 강원도쯤에 해당하는 인디애나폴리스에 연고지를 둔 팀이자, NBA 우승 경험이 단 한 번도 없는 구단이다. 특별한 점 없을 것 같은 이 팀에서 딱 한 가지 대단한 것을 꼽으라면 바로 전설 '레지 밀러'다.

어릴 적 고관절 기형을 앓았지만, 이를 극복하고 농구선수가 된 그는 18년의 프로 선수 경력 동안 단 한 번도 돈이나 우승을 좇아 팀을 옮긴 적이 없다. 레지 밀러의 고향은 심지어 인디애나폴리스가 아니다. 그는 미국의 대표적인 지역 캘리포니아주 출신이다. 하지만 신인 드래프트에서 자신의 가능성을 인정해주고 기회를 준 소속 팀에게 충성을 다했다. 올림픽 금메달, 세계 선수권 대회 금메달 등을 받은 굵직한 이력의 국가대표 선수이기에 다른 팀들의 구애가 있을 법도 했지만, 그는 묵묵히 본인의 철학을 지켜내며 한 팀에서만 싸웠다.

인디애나 페이서스는 단 한 번도 뛰어난 적이 없었다. 하지만 레지 밀러를 지명함으로써 비로소 강팀 대열에 들어설 수 있었고, 3년 뒤부터는 그렇게도 바라던 플레이오프에 단골손님으로 진출하게 되었다. 당대는 마이클 조던의 시카고 불스가 NBA를 호령하던 시기였다. 레지 밀러는 최선을 다해 뛰었지만, 전설로 남은 조던을 단 한 번도 넘어서지 못했다. 실력은 월등했지만 끝내 우승 트로피를 들어 올리지 못했던 선수이자 인디애나 페이서스의 전술 그 자체였던 레지 밀러는 뚝심 있는 선수 생활을 그렇게 마무리 짓게 된다.

농구를 좋아하는 사람들은 이런 이야기를 하곤 한다.

"레지 밀러는 우승을 위해 한 번쯤 팀을 옮겨도 좋지 않았을까?"

내 대답은 늘 같다.

"글쎄……."

현재의 NBA는 당시와는 상당히 다른 분위기다. 선수들이 우승을 위해 자신의 연봉을 낮춰서라도 소속 팀에 트레이드를 요청하여 가장 실력 있는 선수들끼리 한 팀에서 만나는 일이 허다하다. 우승을 위해서라면 자신의 소속 팀, 동료들쯤은 아무렇지 않게 등진다. 우승보다 돈을 더 중요시하는 선수들도 있다. 작은 도시의 구단에 있기보다는 더 큰 연봉을 요구할 수 있는 대도시로 트레이드를 당당하게 요구한다.

가장 대표적인 예가 또 한 명의 NBA 전설 르브론 제임스다. 약체 팀인 클리블랜드 캐벌리어스 소속이었을 때, 그는 절친한 국가대표 두 명과 같은 팀에서 뛰기로 약속을 하고 자신을 위해 대대적인 개편을 단행하던 소속 팀을 과감히 떠난다. 프로의 세계야 성적과 돈이 모든 것을 말해주기에 얼마든지 그런 선택을 할 수도 있다. 그러나 은퇴 후 농구 해설가로 활동하고 있던 레지 밀러는 르브론 제임스의 선택을 보고 이런 말을 남겼다.

"왕은 결코 자신의 제국을 떠나지 않는다."

연봉이 실력인 시대다. 내 능력의 가치는 돈의 액수로 평가받는다. 이직을 영리하게 성공적으로 하면 연봉을 높이고 더 인정받을 수 있다. 그러다 보니 한 회사에 오래 다니는 건 다소 미련하게 받아들여지기도 한다.

돈보다 더 중요한 것이 무엇이냐 묻는다면 나 또한 딱히 내릴 답은 없다. 하지만 돈이라는 것은 써야만 하는 소비의 가치이지만, 명예는 끝없이 누적되는 불멸의 가치라는 것을 느낀다. 돈은 언제든 없어질 수 있지만, 명예는 시간이 지나고 시대가 지나도 사라지지 않는다. 세상을 떠난 세계 최고의 부자를 기억하지는 못하지만 인류사에 큰 업적을 남긴 위인은 기억하듯이, 돈으로 환산할 수 없는 가치는 분명히 있다고 믿는다.

"와. 박재민 완전 꼰대네. 꼰대야, 꼰대. 개꼰대."

그렇게 말한다면 그렇다고 하겠다. 여전히 돈보다 더 큰 무언가가 있다고 믿는 꼰대. 재미있지 않은가? 돈이 아닌 눈에 보이지 않는 가치, 그 무언가를 좇는다는 것이? 물론 돈은 너무나도 중요하다. 그래도 '가장 중요한 것'이라는 말에는 아니라고 반박하고 싶다. 연봉을 좇아 이직을 고민하는 누군가가 있다면, 꼭 이런 질문을 던져보고 싶다.

"인생에서 어떤 가치를 추구하고 싶으십니까?"

위기를
기회로
만드는 기술

잘 만들어진 이야기는 언제나 발단, 전개, 위기, 절정, 결말의 구조가 잘 짜여 있다. 많은 사람이 해피 엔딩을 좋아하며 결말에 큰 의미를 부여하지만, 나는 어렸을 때부터 왜 그런지 주인공이 겪는 위기를 가장 좋아했다. 이야기의 긴장이 무르익는 까닭이기도 하지만, 주인공의 흠결이 가장 크게 나타나며 그 또한 나약한 존재임이 드러나는 순간이기 때문이다. 무엇보다도 주인공이 위기를 극복하며 겪는 성장통이 늘 마음에 와닿았다.

위기라는 말은 흔히 불안정하고 절망적인 느낌을 준다. 그 누구도 위기를 맞이하고 싶지는 않을 것이다. 그런데 그 단어를 자세히 들여다보면 재미있는 부분을 찾게 된다. 위기는 한자로 危機라고 쓴다. 앞의 위危는 우리가 예상하는 대로 위험하다는 뜻을 내포한다. 기機는 기틀, 그러니까 기회라는 의미다. 실제로 위기와 기회의 '기'는 같은 한자를 사용한다. 그렇다. 위기는 불안정하고 절망적인 상황 안에 분명 기회가 있다는 뜻을 갖고 있다.

대한민국은 쇼트트랙 강국이다. 세계 최고의 선수들을 끊임없이 배출하고, 올림픽에서 매번 금메달을 따는 나라로 확고하게 각인되어 있다. 우리나라 선수들이 특히나 잘하는 기술들이 몇 개 있는데, 그중 대표적인 것이 바로 코너링이다. 바깥으로 빠져나갈 것 같던 최민정 선수가 순식간에 안쪽으로 찔러 들어가며 역전에 성공하는 모습을 못 본 사람은 있어도 한 번만 본 사람은 없을 것이다. 그 정도로 코너에서의 역전은 대한민국 선수들의 상징이자 자랑이다.

"금메달입니다!!! 대한민국 쇼트트랙의 금메달!!!"

한창 쇼트트랙을 재미있게 보고 있던 찰나, 조금 의아한 점이 생겼다. 대한민국은 대체 왜 코너에서 역전하는 전략을 즐겨 사용하는 것일까? 스케이트를 타본 경험이 있다면 다들 공감하겠지만, 코너는…… 일단 무섭다. 아니, 정말이지 아주 무섭다. 불안정하기 때문이다.

스케이트를 전문적으로 배운 적이 있다. 6년 정도를 훈련받고 연습했지만, 코너는 항상 무서웠다. 넘어졌다 하면 코너였다. 직진 주로에서 넘어진 적은 단 한 번도 없는데 말이다.

쾅!!!

"아…… 또 넘어졌어! 이놈의 코너! 코너! 코너!!!"

아무것도 할 수 없는 상태로 벽에 부딪히면 당연히 육체적 고통도 수반되지만, 정신적인 고통에 비하면 그건 새발의 피일 것이다. 올림픽 같은 경기에서야 세계적인 선수들이 너무나도 쉽게 코너를 빠져나오는 것처럼 보이지만, 코너링에는 어마어마한 노력과 집중력 그리고 힘이 필요하다. 원심력이라는 녀석 때문에 선수들조차도 코너가 가장 어려운 구간이라고 입을 모은다. 재미있는 사실은 경기 중 역전은 늘 이곳에서 나온다는 것이다. 몸을 안쪽으로 완전히 기울여야 하는 코스. 조금만 실수해도 넘어질 수밖에 없는 위기의 구간. 모두가 불안해하는 곳. 역전은 바로 거기에서 일어난다.

위험하다는 것을 알면서도 선수들은 자신을 위기로 던져 넣는다. 왜 그럴까? 상대적으로 안전한 직진 주로에서는 쉽사리 형세가 뒤집히지 않는다. 모두가 최선을 다해 전력 질주를 하기 때문이다. 코너는 다르다. 선수들은 넘어지지 않기 위해 본능적으로 위험보다는 안전을 선택한다. 경기장은 모두에게 동일한 조건이다. 똑같은 길이고 똑같이 미끄럽다. 불안은 나만의 것이 아니다. 코너에서 내가 느끼는 조마조마함을 내 옆의 선수도 똑같이 느낀다. 누구에게나 동등하게 주어지는 위기다. 반대로 이야기하면, 코너는 쇼트트랙 경기에서 유일하게 기회가 나는 구간이기도 하다.

살면서 참 많은 위기의 순간을 마주했다. 여전히 이러

한 상황에 직면하는 것이 너무나도 두렵고, 억울하기도 하고, 힘들기도 하다. 드라마도 잘 안되고, 예능도 나가는 것마다 폐지됐다. 방송에서 소위 말하는 '캐릭터'라는 것에 매몰되어 갈피를 잡지 못했고, 거기에서 시작된 패배감이 일상생활까지 잠식하여 무엇을 해도 잘 안 풀리는 것 같아서 몸과 마음이 너무 힘들었다. 해오던 많은 것이 무의미하게 느껴져서 은퇴를 하고 다른 길을 찾아 나서고 싶기도 했다. 그 순간마다 쇼트트랙의 코너링을 떠올렸다. 이 상황에서는 나만 힘든 게 아니라 모두가 지치리라 생각하면 조금은 위로가 되었다. 나를 좀 더 믿을 수 있게 되었다. 자신감도 생겼다. 비록 힘들고 두려운 순간이었지만, 그 위기를 조금만 더 치고 나간다면 이 레이스에서 승리할 수 있다는 희망을 볼 수 있을 것 같았다.

항상 되뇌던 말이 있다.

"이게 위기가 아니라 기회라면? 다른 사람도 똑같은 위기감을 느끼고 있다면? 전속력을 내야 할 시점이라면?"

거기서부터 돌파구를 찾기 시작했다. 일단 한번 밀어붙이기로 했다. 남들이 내가 바깥쪽으로 빠질 거라 생각할 때 오히려 안쪽으로 치고 들어갔다. 남들이 내가 속도를 줄일 것으로 예상할 때 도리어 속도를 더 높였다. 남들이 위험보다 안정을 추구할 때 나는 위기를 맞닥뜨리기로 했다.

좋아하는 것들을 더 열심히 하기 시작했다. 좋아하는 것에서 새로운 길을 찾아 나섰다. 드라마에서 나를 찾아주지 않는다면, 연극 무대로 나가보자고 생각했다. 예능이 폐지된다면, 스포츠로 눈을 돌려보기로 했다. 농구가 잘 안되면, 스노보드를 탔다. 스노보드가 잘 안되면 춤을 췄다. 위기를 기회라고 생각하며 손에 쥐고 있던 것들을 버리고 반대 손으로 무언가를 쥐자, 어느 순간 위험을 선택한 결정에 보상이 생기기 시작했다.

위기를 기회로 만드는 것은 마음가짐 문제였다. 지금, 좋아하는 것을 조금 더 좋아하려고 노력하다 보면 분명히 독보적인 '나'가 탄생할 순간이 온다고 믿는다.

내가 진정으로 무엇을 좋아하는지는 위기를 겪지 않으면 모르고 지나가게 되는 경우가 많다. 위기야말로 내가 좋아하는 것을 더 좋아하게 해주는 휴게소 같은 곳이었다. 한참을 달리다가 한숨 돌리며 다시 시작할 힘을 내는 휴게소. 그곳에서 먹는 한 사발의 가락국수처럼, 오늘도 난 위기라고도 불리는 기회의 코너를 멋지게, 아니, 맛있게 돌고 있다.

게을러야만
보이는
기회

서점에 갔다가 눈에 띄는 책 제목을 본 적이 있다.

《하마터면 열심히 살 뻔했다》

기가 막히게 뇌리에 박히는 제목이었다. 누구나 열심히 살아야 한다고, 그래야 의미 있는 인생이라고 강조가 아닌 강요를 받는 이 시대의 인류에게 열심히 살지 말라고 조언하는 그 강단이란······.

곰곰이 생각해보면 그리 열심히 산 인생은 아니었다. "박재민이 열심히 산 인생이 아니라고?" 하고 반문할 수도 있겠지만, 이 시대와 세상이 정해놓은 기준에서 나는 분명 열심히 살지 않았다. 그렇다면 대체 열심히 산다는 것은 무엇인가? 그것은 무릇, 수면 시간을 줄여서라도 목적지에 남들보다 빠르게 도달하는 것, 좋아하는 유흥의 시간을 줄여서라도 사회적으로 인정받는 성과를 내는 것, 미래에 대비하여 오늘을 절약하고 희생하는 것이 아니겠는가?

분명히 나는 그 어떤 조건에도 부합하지 않았다. 우선 잠이 많았다. 잠이 얼마나 많은지, 고등학교 3학년 때를 제외하고는 하루 여덟 시간 이상을 꼬박꼬박 잤다. 스무 살 여름에 독일로 혼자 배낭여행을 갔을 때는 너무 졸려서 한 광장에서 가방을 베고 세 시간을 내리 자기도 했다. 인생에 뚜렷한 목표가 없었고, 굉장히 즉흥적이어서 좋아하는 것들을 줄이지도 못했고 줄일 생각도 하지 않았다. 준비하는 시험이나 직장이 없으니 노는 시간을 줄일 필요조차 없었다.

"어떻게든 되겠죠, 뭐……."

이렇게 대답할 때면 누구라고 할 것 없이 내 장래를 어둡게 전망했다. 마치 기상 캐스터가 날씨 예보를 할 때 내 얼굴을 화면에 띄워놓고 "박재민 씨의 미래는 깜깜할 전망입니다"라고 이야기하는 것만 같았다. 그렇다고 사람들에게 인정받기 위해 내키지 않는 직업을 갖기 위한 취업 준비를 할 수도 없는 노릇이었다. 하고 싶은 것은 너무나도 많았지만, 사회적으로 인정받는 직업이나 지위에 큰 관심이 없었고, 내일을 위해 오늘을 희생하고 싶지도 않았다. 그저 매일매일 하고 싶은 것만 열심히 하고 싶었다. 그렇다 보니, 역시나…… 세상의 눈에 나는 포부와 대책이 없는 게으른 사람일 뿐이었다.

"괜찮아. 난 지금 잘하고 있어."

그렇지만 누가 뭐라고 해도 확신이 있었다. 무슨 근거 없는 자신감이었는지는 모르겠지만, 분명히 자신이 있었다. 남들보다 느릴지언정, 올바른 방향을 향해 가고 있다고 믿었다. 나에게는 아무리 오래 걸려도 마음먹은 것은 반드시 해내고 마는 뒷심이 있다는 것을 알고 있었다.

나는 고등학교 3학년 때가 되어서야 누구보다 열심히 공부했다. 처음부터 수재는 아니었지만, 꼭 가고 싶은, 가야만 하는 대학이 생겨 시험공부에 뛰어들었다. 마지막 몇 달간은 자는 시간과 눈 깜빡이는 시간 빼고는 계속 공부를 했다. 한참 늦게 출발했어도 목표를 이룰 수 있었던 이유는 남들과 속도는 달랐을지언정, 헤매지 않았기 때문이다. 공부에 흥미를 느끼지 못하던 중, 부모님께서 제시해준 '춤을 추는 스포츠 전공자'라는 것이 되고 싶어졌고, 그것이 핸들은 이미 잡고 있었지만 열정이 없던 나에게 뚜렷한 동기를 만들어줬다.

그 이후의 삶도 똑같았다. 남들이 정해놓은 기준에 나를 맞추고 싶지 않았다. 세상에 반항하는 일탈을 원했던 것은 아니었다. 그저 계기가 필요했는데, 그게 없이는 남들의 속도에 맞춰 달릴 수 있는 열정이 안 생겼다. 사람 대부분은 한 무리의 군중이 갑자기 어딘가로 우르르 몰려가면 저도 모르게 따라간다. 궁금하기도 하고, 다 함께 움직이면 안전할 것 같기 때문일 테다. 나는 성격이 그렇지 못했다. 남들이 몰려 있으면 오히려 뒷걸음질을 쳤다. 이 때문에 '특이한 녀석', '괴짜', '게으름쟁이'라는 수식어를 달고 살았지만, 아마 내향적인 사람 대부분은 나와 똑같은 경험이 있지 않을까.

난 벼락치기를 해야만 효율이 극대화되는 사람이다. 늘 정해진 시간에 폭발적으로 능률을 올리면서 계획한 바를 이뤄왔다. 내가 게으른 것일까? 혹은 요행을 바라는 것일까? 아니다. 난 그저 다른 사람들과 조금 다를 뿐이다.

부력의 원리를 발견한 아르키메데스가 "유레카"를 외친 순간을 떠올려본다. 그는 책상 앞에서 내내 고민하면서 부력의 원리를 떠올리지 않았을 거다. 주어진 문제에 대한 해답의 실마리를 찾지 못하자 머리를 식히려고 목욕탕에 들어갔고, 그 순간 넘치는 물을 보고 깨달음을 얻었을 것이다. 이처럼 답을 찾아가는 속도와 방법은 저마다 다르다. 그저 게으름처럼 보이는 행동이 실제로 누군가에게는 에너지를 비축하는 시간일 수도 있고, 대책 없어 보이는 모습이 자신만의 개성이 담긴 단단한 삶의 태도일 수도 있다. 다르다고, 남들보다 느리다고 혹은 세상이 정해놓은 기준에 부합하지 못한다고 해서 게으르다거나 능력이 부족하다고 생각할 필요 없다. 멈추지만 않는다면, 언젠가는 목표점에 도착할 테니까.

심지어 느리게 가는 것이 더 유리할 때도 있다. 간혹 상담을 요청하는 후배들에게 목표를 확고하게 갖지 말라고 한다. 산의 정상에 가야 한다는 다짐뿐이라면, 도착할 곳만 생각하느라고 길에 있는 수많은 아름다움을 놓칠 수 있다. 길에 황금이 떨어져 있어도, 1등짜리 복권이 떨어져 있어도 안 보일 확률이 높다. 가야 할 곳이 너무 확실한 나머지, 예상하지 못한 수많은 기회를 방해로 인식하고 목적지만을 향해 달리기 때문이다.

우리들의 삶은 1차선이 아니다. 수많은 교차로와 건널목, 합류하는 길목과 빠져나가는 통로가 공존한다. 그 길들은 우리의 삶을 더욱 다채롭게 만들어주고 때로는 의도치 않았던 행운을 가져다준다. 게을러야만 보이는 기회는 분명히 있다.

열정의 반대말은 게으름이 아니다. 열정의 반대말은 아무것도 하지 않는 것이다. 게으르다는 것은 일단 무엇이라도 하고 있다는 뜻 아닌가. 그러니 누군가가 나태해 보인다고 혼내지 마시길. 자신이 태만한 것 같다며 자책하지도 마시길. 언젠가 누구보다 정확하게 목표 지점에 도달해 있을 수도 있으니 말이다.

작고
흔한 것들에
귀 기울이기

주변의 작고 흔한 것에 귀 기울여야 한다는 건 어린 시절 교과서에서 볼 만큼 자주 듣는 이야기다. 어릴 때부터 가르치는 이유는 반대로 말하자면 그만큼 어렵기 때문일 거다.

촬영차, 스웨덴에 갔을 때의 일이다. 기획안을 보니, 스웨덴의 유명 트레킹 코스 중 하나이자 '왕의 길'을 뜻하는 쿵스레덴을 110킬로미터 걷는 촬영이었다. 아마도 태어나서 110킬로미터를 걸어볼 생각조차 안 해본 사람이 태반일 것이다. 나 또한 110킬로미터라고 하면 일단 버스 노선부터 검색하지, 걷는다는 것은 상상도 하지 않을 법한 그야말로 무시무시한 거리였다. KBS PD님이 박재민을 섭외한 이유는 분명했다. 꼼수 부리지 말고 걸으라는 것…….

장거리를 걸어본 나름의 경험이 있기에, 성공할 수 있으리라 생각하며 4박 5일 일정의 촬영에 돌입했다. 트레킹 시작점에 도착해보니 눈에 띄는 것이 있었다. 앞으로 며칠간 내가 짊어질 배낭의 무게를 잴 수 있는 저울이었다. 꽤 많은 사람이 재미 삼아 중량을 측정하고 있길래 우리 팀도 재빨리 긴 줄에 합류했다. 어깨너머로 다른 사람들이 가져온 가방의 무게를 염탐해보니 대충 가벼운 것은 7킬로그램, 무거운 것은 15킬로그램 정도였다. 신기록이 깨질 때마다 손뼉을 치며 놀리는 분위기였달까.

"가방이 무겁네요. 처음이군요? 그렇게 짊어지고 가다 보면 죽음을 맛볼 것입니다. 하하!"

가져온 배낭의 무게가 가벼운 사람일수록 현세의 불필요한 짐을 내려놓고 자연을 거닐 것 같은 신선의 느낌이 풍겼다. 어떤 분은 칼자루 하나만 쥐여줘도 한 달은 살 수 있을 것 같은 오라를 풍기기도 했다.

"재민 씨, 우리 차례예요. 연출 없이 갑시다."

오케이! 이제 내 차례였다. 아시아인이 카메라를 두 대나 동원한 채 가방의 무게를 재다 보니 주변의 관심이 꽤 뜨거웠다. 과연······?

저울의 바늘이 좌우로 왔다 갔다 하더니 가리킨 숫자는······ 23.

숙연해졌다. 고수가 하수를 놀리던 화기애애한 분위기는 없어지고, 나를 향해 수많은 사람이 추모하는 분위기였다. 아니, 이봐요······. 나 아직 살아 있다고요······.

"감독님, 내 가방 왜 이러죠?"

"······미안해, 재민 씨."

110킬로미터 중, 단 1미터도 걷지 않은 상황에서 이미 미래가 보였다. 나에게 닥터 스트레인지의 예지력이 생기다니······. 트레킹은 그만큼 신비한 것이란 말인가.

가방이 무거운 이유는 있었다. 카메라 장비가 있었기 때문이다. 카메라 감독님들은 110킬로미터를 걷는 내내 카메라를 들고 나를 따라다니며 앞뒤로 멋진 장면을 찍어야 하기에 기동성이 필수였다. 심지어 나보다 거의 열 살 형님들이셨다. 감독님들이 조금이라도 편하게 움직일 수 있도록 무거운 렌즈를 비롯한 촬영 장비와 식량 등을 내가 일부 짊어지고 가기로 했다. 23킬로그램을 가리킨 저울의 바늘은 그런 결정의 결과물이었다.

인류 역사상 가장 위대했던 농구 선수 중 한 명인 마이클 '에어' 조던의 등 번호가 23이었는데…… 이 가방이 올라간 저울의 바늘이 가리키는 숫자 23은 전혀 에어 같지 않고, 비명처럼 매우 에악스러웠다. 에악!!!

드디어 참가자들이 몇 개 조로 나눠 출발선에 섰다. 우리는 마지막에서 두 번째 조였다. 적은 수의 카메라로 트레킹 장면을 촬영하기 위해서는 같은 코스를 몇 번 왕복하며 다양한 각도에서 찍어야 한다. 한마디로 보이는 거리는 110킬로미터지만, 우리 팀은 약 두 배인 200킬로미터 정도를 걸어야 한다는 뜻이다. 얼마 지나지 않아 마지막 조의 사람들이 우리를 추월했다. 시작한 지 두 시간도 채 지나지 않아 전체 그룹의 가장 꼴찌가 되어버렸다.

호기롭게 내지른 파이팅은 시간이 지날수록 빠르게 소멸했다. 정말이지…… 가방이 너무 무거웠다. 같은 길을 몇 번이고 되돌아갔다가 다시 걷는 일이 문제가 아니라, 길 자체가 너무 험난했다. 세계 3대 트레킹 코스로도 불리는 쿵스레덴은 풀이 나지 않는 지역에 조성된 돌길이다. 심지어 중간에는 험난한 바위 지대를 건너가야 한다. 철저한 사전 조사와 계획으로 촬영에 임했는데도 예상했던 것보다 속도가 나지 않았다. 정해진 야영지에 새벽 2시가 넘어서야 도착하기도 했다. 우리보다 한발 앞선 사람이 9시쯤 도착했다고 하니, 우리가 얼마나 느리게 걸었는지 가늠이 될 것이다.

사흘째가 되니 그냥 아무 생각이 없어졌다. 감독님도 나도 그저 빨리 끝내고만 싶었다. 그렇다고 촬영을 허투루 할 수는 없는 법이었다. 반 빈사 상태로 촬영도 행군도 아닌 그 사이 어디쯤에서 다리만 움직이던 중, 카메라 감독님들은 좋은 촬영 각도를 찾기 위해 나를 잠시 쉬게 하고 높은 언덕으로 떠났다. 덕분에 잠시 절벽에서 가방을 방석 삼아 앉은 채 휴식을 취했다. 햇빛은 강했지만 따갑지 않았고, 땀은 흘렀지만 불쾌하지 않았다. 그때였다. 건물도, 사람도, 자동차도, 흔하디흔한 가로등이나 전봇대 하나도 없는 그곳에서 어떤 소리가 귓바퀴를 타고 귓구멍 깊숙이 미끄러져 들어오기 시작했다.

"~~~~~~~~~~~~"

이게 무슨 소리지? 분명히 무슨 소곤거림 같은 게 들렸는데……. 한 번도 들어본 적이 없는, 옅지만 깊은 소리……. 주변을 살펴봤지만, 감독님들은 이미 저 멀리 산등성이를 오르고 있었고 내 근처에는 아무도 없었다. 소름이 끼쳤다. 대체 무슨 소리지? 야생동물인가? 조금은 무서운 마음으로 귀 기울여 소리의 근원을 찾아보았다.

"~~~~~~~~~~~~~~~~~~~~"

분명 무언가가 내 주변을 감싸고 있었다. 사방에서 들려왔지만, 소리가 나는 방향을 종잡을 수 없었다. 적어도 내 데이터베이스에는 없는 소리였다. 들어본 적 없는 소리 혹은 너무 흔해 잊고 지냈던 소리, 주변에 존재하지만 삶에 묻힌 소리……. 공기 소리였다.

이 일화를 이야기했을 때, 누군가는 이렇게 대꾸했다.

"에이, 젊은 친구가 허풍이 심하네. 공기 소리라는 게 어디 있어?"

진짜 있다. 이건 경험해보지 않고는 알 수 없다. 우리나라는 아무리 깊은 산골짜기로 들어가도 인간의 반경에서 얼마 벗어나지 못한다. 그마저도 휴대전화가 끊기지 않는 곳이니, 언제나 다양한 주파수의 자극이 우리도 모르게 달팽이관을 건드린다.

쿵스레덴은 달랐다. 휴대전화도 터지지 않았고, 이미 마지막 주자가 되어 수십 킬로미터를 뒤처진 터라 주변에 인간은 우리 팀밖에 없었다. 인간이 창조해낸 그 어떤 물건도 존재하지 않는 곳, 심지어 움직이는 인간조차 없는 곳. 그야말로 자연의 땅이었다. 그곳에서 나는 태초부터 존재했던, 긴 세월 동안 인간과 함께했지만 너무 작고 흔한 나머지 그 중요성을 잊어버리고 살았던 공기가 건네는 인사를 들었다.

자연은 언제나 우리에게 말을 건다. 어쩌면 지금도 안부를 묻고 있을지 모른다. 우리는 얼마나 자주 그 목소리에 대답했을까? 아침에 밥 먹고 가라고 하는 어머니의 말을 당연하게 무시하고 나가는 질풍노도 시기의 자녀처럼 귀를 닫아버렸던 것은 아닐까?

자연은 인간이 돌아가야 하는 고향이다. 우리는 그것을 너무나도 쉽게 잊고 살지만, 결국 땅에서 자란 것을 먹으며 땅 위에 살다가 땅으로 돌아간다. 땅은 자연이고, 자연은 집이다. 내 집이 나를 부르는 소리를 이제야 듣다니……. 참으로 미안하고 반가웠다. 트레킹이 끝나면 이 고립 낙원을 떠나 다시 현실로 돌아가야 하겠지만, 그 순간만큼은 그곳에 영원히 머물고만 싶었다.

서울의 멋진 빌딩들 속에서 수많은 조명을 받으며 카메라 렌즈를 통해 열심히 시청자들을 만나는 삶은 분명 멋졌다. 하지만 자연의 소리를 단 한 번도 듣지 못하고 생을 마감했을 수도 있다고 상상하자, 아찔함이 내 관자놀이를 스쳤다.

'다행이다.'

안도감과 함께 그런 생각이 찾아왔다. 이 위대한 자연을 뒤로하고 오로지 돈과 명예를 위해서 사는 삶은 어떤 의미가 있을까…… . 분명 그 역시 훌륭하고 큰 의미가 있겠지만, 내 세상을 규정짓는 전부는 될 수 없을 것 같았다. 돈과 명예는 사람들이 필요에 의해 만들어낸 개념일 뿐, 자연 그대로의 것은 아니지 않은가.

이 땅 위에서, 자연이라는 공간 안에서 나는 어떤 존재이며 어디쯤 있을까? 그 거대함 속에서 나는 한없이 작고 초라하겠지만, 그렇다고 의미가 없는 것은 아니라고 믿고 싶었다. 수많은 존재가 모여 이 세상을 이루듯이, 하루하루를 충실히 사는 것이 내 역할 아닐까. 남이 만들어놓은 이정표를 따라서만 뛰지 않고, 이 아름다운 세상의 구성원으로서 호연지기가 있는 삶을 살자고 그때 다짐했다. 또한, 이 경험을 잊지 않고 너무나도 당연했던 것들을 다시 돌아

보며 소중함을 깨달을 수 있는 넓은 시각과 깊은 생각을 가지고 싶었다. 나를 둘러싸고 있던 자연처럼…….

한국으로 돌아오자 더는 공기 소리를 들을 수 없었다. 하지만 우연히 만난 그 공기 소리 덕분에 나는 이전과 달라진 것 같다. 작은 일들에 일희일비하지 않으려 했고, 돈과 명예보다 더 큰 가치가 있는 무언가를 찾고자 애썼다. 마음을 요란하게 만드는 모든 일이 거대한 자연의 흐름에 비하면 아무렇지 않은 것이라고 생각하며, 좀 더 겸허하고 무던하게 살려고 노력했다. 이 모든 것은 주변의 작고 흔한 것에 귀를 기울이며 시작되었다.

언젠가 지치는 날이 온다면, 다시 스웨덴으로 날아가 트레킹을 하면서 일부러 수십 킬로미터를 뒤처져 걸을지도 모르겠다. 그러면 다시 한번 자연이 인사를 건넬 수도 있겠지.

세계 평화는
결코
어렵지 않다

인류사에 길이 남을 코로나19라는 어둠의 시기를 맞이하기 전, 이탈리아 로마로 촬영하러 떠났다. 콜로세움의 웅장함과 트레비 분수의 시원함을 내 두 눈으로 볼 수 있다니……! 콧노래가 절로 나왔다. 해외 촬영을 많이 다녀봤지만, 여전히 기대되고 긴장된다. 공항 철도를 타고 인천 국제공항으로, 비행기를 타고 드디어 레오나르도 다빈치 국제공항에 도착했다. 짐을 단단히 챙겨서 공항 밖으로 나서던 찰나였다.

"아차차, 마스크."

코로나19 이전에도 대중교통을 이용하거나 사람이 많은 곳에 갈 때는 항상 마스크를 착용했다. 방송하는 직업이다 보니 알아보는 분들이 많기 때문이다. 물론 감사하고 기분 좋은 감정이 가장 먼저 들지만, 공황장애가 있는 나에게 마스크는 일종의 방패다. 다행히 한국에서는 오래전부터 하나의 패션으로 인식이 되어온 덕에 마스크를 쓰고 지하철을 타도 관심을 끌지 않았다.

내 양 볼과 마스크는 대륙 하나를 건넌 이탈리아에서도 그 혼연일체의 관계를 잘 유지했다. 로마 같은 대도시라고 하더라도 어떤 그룹이 큰 배낭에 카메라, 마이크 등의 방송 장비들을 들고 촬영하고 있으면 당연히 이목이 쏠릴 수밖에 없다. 그러다 보니 여전히 습관적으로 촬영을 하지 않을 때는 마스크를 썼다. 갑갑함을 해소하는 것보다 얼굴을 가리고 그늘에 숨어 있는 것이 더 편한 것을 어찌리오.

"아, 이 보호받는 기분······."

다음 촬영 장소로 이동하던 중, 길에서 마주 오던 두 청년이 갑자기 나를 손가락으로 가리키면서 큰 소리로 무어라고 외치기 시작했다.

"$%#^&###$%^$#&*#%@#$^"

무슨 뜻인지 하나도 이해할 수 없었지만 대충 나를 보고 반가워하는 듯한, 잘생겼다고 이야기하는 듯한 느낌이었다. 이탈리아 사람들이 모르는 사람에게도 감정 표현을 적극적으로 한다는 것을 알고 있었던 터라, 카메라 장비를 보고 한국에서 온 연예인이라며 반가워한다고 생각했다. 아이, 참······. 얼굴도 반쯤 마스크로 가리고 있는데, 쑥스럽게······. 아, 나의 이 글로벌한 인기란······.

"예, 예. 땡큐! 그라치에Gràzie!"

기분 좋게 돌아서는 그때, 현지 코디네이터가 조용히 내 뒤에 와서 이렇게 말했다.

"욕을 살벌하게 하는데요."

"네?"

마스크를 쓴 동양인을 향해 욕을 하던 두 청년과 그들에게 웃으며 고맙다고 대꾸하는 욕먹은 동양인. 갑자기 배

탈이라도 난 듯 뭔가 꼬여도 단단히 꼬여버린 그 공기의 흐름……. 아직도 생생하게 기억난다.

"아니…… 왜요??"

알고 보니 그 청년들은 마스크는 테러리스트나 쓰는 거라며 당장 벗든지 그게 싫으면 이 나라를 떠나라고 소리친 것이었다. 얼굴을 가리키며 손짓했던 것은 잘생겼다는 게 아니라 당장 얼굴을 드러내라는 뜻이었다고 한다. 우리가 촬영하러 갔을 때쯤, 유럽 내에서 폭탄 테러가 빈번하게 발생했던 터라 그들의 두려움과 경계심은 충분히 이해됐다. 그저 용납되지 않았던 것은…… 아무리 말이 안 통해도 표정과 몸짓에서 드러나는 인류 공통의 뉘앙스라는 것이 분명히 있었을 텐데, 적대감을 반가움으로 이해한 나의 모자란 공감 능력이었다. 쩝…….

때로는 몇 년 전에 있었던 사소한 다툼이나 사건, 사고가 여전히 나를 사로잡곤 한다. 그것은 오랜 시간이 지나도 고스란히 마음에 남아 나를 괴롭히며 불편하게 만든다. 방송을 하다 보면 별것 아닌 댓글에도 종종 상처를 받는다. 그런 감정의 작은 생채기들은 시간이 지나도 사라지기는커녕 점점 커지며, 그 위에 딱딱한 굳은살까지 앉아 치유가 힘들어지기도 한다.

이탈리아에서 겪었던 난데없는 상욕 세례는 댓글처럼 누가 욕했는지 모르는 상황도 아닌 데다가 그 수준이 매우 심했다……고 한다. 어차피 난 못 알아들었으니……. 별것도 아닌 댓글에는 큰 상처를 받기도 했으면서 바로 앞에서 들었던 욕설에는 아무런 타격도 입지 않았다. 해골에 담긴 물을 들이켜면서 평생 마셔본 물 중에 가장 달다고 외쳤다는 원효대사의 일화처럼, 그 욕은 나에게 칭찬처럼 들렸다. 정작 안절부절못하며 내 걱정을 하던 사람은 현지 코디였을 뿐이다.

인종차별에 가까운 혐오 발언에 아무런 충격도 받지 않은 이유는 사실 간단하다. 그들의 언어를 알아듣지 못했기 때문이다. 나는 이탈리아어도, 이탈리아 사람들이 흔히 취하는 행동들의 의미도 모른다. 그들이 쏟아부은 메시지는 나에게 하나도 수용되지 못했고 그 자리에서 공허하게 소멸했다. 그들은 "내 나라에서 돌아다닐 거면 이곳의 상식을 지켜!"라며 경고를 함으로써 마음이 편해졌을 것이고, 나는 '이탈리아에서도 먹히는 외모'라는 자신감이 들었을 뿐 그 어떤 동요도 하지 않았다. 누구도 의도하지 않았지만, 그 순간만큼은 모든 사람이 나름대로 만족할 수 있는 세계 평화가 일어났다.

우리는 왜 누군가의 말 때문에 분노하고 실망하며 좌절할까? 때로는 누군가가 내 말을 의도와는 다르게 해석하며 공격하기도 하고, 반대로 우리는 누군가의 의미 없는 한마디에 큰 상처를 받기도 한다. 그럴 의도도, 그런 의미도 아니었을 텐데 종종 상대의 유머를 모욕으로 혹은 모욕을 칭찬으로 받아들이고는 한다. 아, 인간의 창의력이란⋯⋯!

우리는 종종 어떠한 상황에 대처하기 위해 매뉴얼을 꺼내 든다. '차가 무리하게 끼어들었으면 화를 내야 해.' '나를 깔보지 못하게 강한 모습을 보여야 해.' '나에게 욕을 했으면 그에 상응하는 표현을 해야 해.' 이 매뉴얼은 어떠한 상황에 어떻게 조치하도록 학습되며 만들어진 것이다. 그것이 마치 정당한 권리를 지키기 위한 유일한 방어 수단인 듯, 그렇게 대응하지 못한 자신을 자책하기도 한다. 하지만 '당연히 어떻게 하면 된다'라는 법칙은 그 어떤 상황에도 존재하지 않는다. 모든 것은 자신을 합리화하기 위한 것일 뿐이다. 가장 중요한 것은 의도가 어떻든 내가 거기에 휩쓸리지 않으면 된다는 사실이다. 상대방이 싸움을 걸어도 내가 그렇게 받아들이지 않으면 그만이다. 상대방이 욕을 해도 내가 칭찬으로 받아들이면 그만이다. 그렇게 그냥 지나가면, 말 그대로 그만이다.

나에게 마스크를 벗고 다니라며 다그쳤던 그 청년들

은 아마도 굉장히 무안했을 것이다. 기껏 길 가는 사람에게 소리치며 욕을 퍼부어댔는데, 정작 상대방은 고맙다며 인사를 했으니 말이다. 어쩌면 두 청년은 지금쯤 그 경험담을 친구들에게 들려주고 있을지도 모르겠다.

"동양인들은 평화주의자야. 화를 안 내."

세계 평화, 인류의 평화, 무엇보다도 내 마음의 평화를 이룰 수 있는 가장 좋은 방법은 그저 웃어넘기는 것이다. 어렵지도 않다. 웃기만 하면 되니까.

그 사건 이후, 나는 굳이 단어 하나하나에 큰 의미를 부여하지 않기로 했고 어떤 이야기는 그저 외국어처럼 받아들이려 노력한다. 때로는 누군가가 의도를 갖고 공격해도 내가 원하는 대로 생각하려 애쓴다. 마치 마스크는 테러리스트나 쓰는 거니 당장 벗고 다니라고 말한 청년들의 경고를 참 잘생겼다고 이해한 것처럼 내 멋대로 해석한다. 이런 습관을 들이고 나니, 충돌은 피하게 되고 칭찬에는 더욱 감사하게 된다. 물론 때로는 너무 동떨어지는 해석을 해서 문제지만, 뭐…… 어떻단 말인가. 내 삶의 주체인 내가 피곤하게 살지 않고 평화롭게 살겠다는데!

가장
어려운 일은
'너'를
생각하는 일

고등학교 때 봉사 활동을 가장 자주 간 곳이 꽃동네였다. 그중에서도 고령의 지체장애인들이 모여 계신 병동을 곧잘 찾았다. 한번은 휠체어를 타고 계시지만 꽤 건장한 체격에 인상도 부리부리한 할아버지를 담당하게 되었다. 직원에게 듣게 된 그 할아버지의 정체는 바로 과거 조직폭력배의 두목이었다. 한때 어둠의 세계를 주름잡았을 그는 뇌의 기능이 저하되어 언어 능력도 잃고 신체도 자유롭지 못한 상태였다. 나는 1박 2일 동안 할아버지의 식사는 물론이고 배변 후 뒤처리와 샤워까지 도와드렸다. 심지어는 기분 전환을 하시라며 춤까지 춰드렸다. 그렇게 주말을 보내고 집에 가기 위해 인사를 드리는 순간, 예상하지 못한 일이 전개되었다. 단 한 번도 인상을 풀지 않고 노려보기만 하시던 할아버지께서 갑자기 내 손을 붙잡으며 막 우시는 게 아니겠는가. 얼마나 서럽게 우시는지 나 또한 눈물을 참을 수 없어서 겨우겨우 작별을 고했던 그날의 감정이 아직도 생생하다.

어쩌면 젊은 시절의 그는 자신이 세상에서 가장 강하다고 자부했을 것이다. 세상도 쉬워 보였을 것이다. 하지만 세상은 그의 생각보다 모질고 어려웠다. 무정한 세월은 한 방울씩 떨어지며 단단한 바위에 구멍을 내듯 부서지지 않을 것 같았던 그를 무너뜨렸다. 한낱 인간에 불과한 할아버지는 수중에 아무것도 가지지 못한 채 휠체어 위에서 천천히 스러지고 있었다. 나는 그 현장의 목격자였다.

그저 봉사 활동 시간을 채우기 위해 장소를 알아보던 중, 무엇인가 특별한 경험을 해보고 싶다는 마음에 찾아가게 된 곳이 꽃동네였다. 그곳의 사람과 풍경은 처음으로 '삶'이라는 것에 대해 고민하게 했다. 그곳에 계신 어르신들도 한때는 젊었을 것이고, 찬란하고 아름다운 시기를 보냈을 것이다. 그러다 삶이라는 거대한 파도 위에서 만난 어떠한 사건들이 그들을 기대하지 않은 곳으로 밀어냈을 것이다.

나이를 먹은 후 힘이 약해지고 결국 세상을 떠날 때, 난 무엇을 갖고 갈 수 있을까? 돈? 명예? 인기? 중요한 것은 무엇을 갖고 떠나느냐가 아니라 무엇을 남기고 떠나느냐가 아닐까. 얼마나 많이 벌었는지가 중요한 것이 아니라, 얼마나 많이 나눴는지 말이다.

한평생 열심히 일해 돈을 많이 버는 기업가가 되어도, 당대 최고의 유명한 연예인이 되어도 시간은 그 사람을 쉽사리 기억해주지 않는다. 그 대신 자신을 희생하여 더 나은 세상을 만든 사람들의 삶을 기억한다. 이유는 간단하다. 그건 아무나 할 수 있는 일이 아니니까. 세상에서 가장 어려운 일은 '나'가 아닌 '너'를 생각하는 것일지도 모른다.

　꽃동네에서 갖게 된 삶에 대한 고민은 이후 성인이 되어 우울증을 겪으면서 더 깊어졌다. 수많은 우여곡절을 겪으며 내가 찾은 답은 나눔이었다. 누군가는 삶의 거대한 벽 앞에서 허무주의에 빠지거나 회의론자가 되었을 수도 있겠지만, 나는 나눔에서 삶의 버팀목을 찾았다.

　그때 하게 된 나와의 약속이 있다. 앞으로 평생, 1년 동안 번 돈의 10퍼센트를 반드시 사회에 환원한다는 것. 그게 100만 원이 되었건, 100억 원이 되었건 간에 내 수입의 10퍼센트는 언제나 이 사회의 구성원으로서 더 나은 세상을 만들기 위해 쓰겠다고 다짐했다.

　금전적인 기부도 하지만, 그 외에도 내가 건강할 때만 할 수 있는 일들도 하고 있다. 심장병 어린이들을 돕는 자선 농구 대회나 베트남 난치병 어린이를 돕는 기금 모금 활동, 연탄 나눔 봉사 같은 것 말이다. 최근에는 ACG(A Cleaner Globe) 캠페인의 일환으로 산의 쓰레기를 줍기도 했다. 헌혈도 계속한다. 이제 155번을 채웠으니, 건강만 하다면 200번도 곧 채울 수 있을 것이다. 사랑의열매에 1억 원 이상을 기부한 사람에게 주어지는 영예인 아너 소사이어티에도 가입했으니, 나름 나와의 약속을 잘 지키고 있다고 생각한다.

뭐가 맞는지는 중요하지 않다. 결국, 내가 옳다고 믿는 쪽으로 밀어붙이는 것이 필요할 뿐이다. 남에게 과시할 수 있을 정도로 윤택한 삶이 더 좋을 수도 있다. 원하는 것은 무엇이든지 누릴 수 있는 막강한 삶이 더 좋을 수도 있다. 적어도 나는 그러한 삶에서 내 질문에 대한 답을 찾지 못했다. 내가 찾은 답은 나눔에서 나왔고, 그 등대를 믿고 계속해서 거친 파도를 헤쳐나가고자 한다.

저마다의
드라마,
각자의
영화

배우라는 직업을 갖고 있지만, 나를 배우로 기억하는 사람은 그렇게 많지 않다. 2009년, 댄스 영화에 출연할 브레이커를 뽑는다는 공고를 보고 오디션을 통해 데뷔했다. 그 이후 15년 동안 조역과 단역으로 열 작품밖에 찍지 못했으니 내가 배우인 걸 몰랐다고 해도 당연하다고 할 수 있겠다. 그나마 2022년에 〈카시오페아〉와 〈한산: 용의 출현〉, 2023년에 〈리바운드〉가 연달아 개봉하면서 배우로서 입지를 다지기는 했지만, 데뷔 15년이 지나서야 겨우 배우라고 불리게 된 것을 보면 확실히 무명은 무명이었다. 찾아주는 작품이 많았던 것도 아니고 배우로서 큰 인기를 끌고 싶었던 것도 아닌데, 나는 왜 배우라는 이름을 놓지 못했던 것일까?

아직 확실한 답을 찾지는 못했지만, 한 가지 확실한 점은 배우라는 직업이 내 성격에 잘 맞는다는 것이다. 무명 배우 주제에 연기에 대해서 언급하는 것이 매우 조심스럽기는 하지만, 연기란 세상의 이야기를 관객에게 전달하는 방식이 아닐지 생각한다. 배우란 그 이야기를 더 감미롭게, 맛깔나게, 있을 법하게 전달해주는 이야기꾼이고 말이다.

운 좋게도 여러 방송을 통해 많은 나라를 여행하며 다양한 사람을 만나봤다. 한국인의 발길이 한 번도 닿지 않은 마을도 가봤고, 오지 중의 오지 탐험도, 고행 중의 고행 체험도 해봤다. 그곳에서 사람을 만났고 그들의 무수한 이야기를 들었다. 인간의 생김새와 지문의 모양이 다 다르듯이, 사람들은 저마다의 드라마와 각자의 영화를 갖고 있었다. 그들은 소소한 일상부터 슬픈 사연, 기쁜 순간, 행복했던 추억들을 덤덤하게 털어놓았다. 나에게는 엄청 큰일처럼 보이는 것을 아무 동요 없이 말해서 놀라기도 했다. 그 수많은 이야기 속에는 결국 그들의 삶이 있었고, 그들의 경험은 돌고 돌아 마침내 나의 것이 됐다.

어른들의 말에 의하면, 나는 기억이 잘 나지 않는 어린 시절부터 듣는 것을 참 좋아했다고 한다. 갓난아기 때조차도 보채거나 울기보다는 아직 알아듣지 못하는 주변 사람들의 이야기에 온종일 귀를 쫑긋하며 지냈다고 한다.

역시 세 살 습관은 버리기 힘든 것일까? 커서도 이야기 듣는 것을 좋아했다. 그러다 보니 자연스럽게 많은 이야기가 마음속에 쌓였고, 거기에 상상력을 더해 새로운 해석을 해보는 것에 재미를 느꼈다.

배우라는 직업을 꿈꾸게 된 것도 어쩌면 내가 들은 이야기를 남에게 전달해줄 수 있다는 매력에 빠진 것이 아닐까 싶다. 배우야말로 드라마나 영화를 통해 시청자와 관객들에게 이야기를 전달하기 가장 좋은 직업이니까.

　　나만의 방식으로 이야기하는 것을 선호하다 보니, 전혀 예상하지 못했던 영역에서 틈새시장을 찾게 되었다. 바로 스포츠 해설이다.

　　어떤 사람들은 올림픽을 축제가 아닌 전투로 생각할 수도 있다. 상대를 반드시 이기고 메달을 획득해야 하는 전쟁 같은 것……. 나에게 올림픽은 선수들이 평생 바라보고 달려온, 그들 노력의 결실이었다. 누군가는 단 한 번의 올림픽 출전을 위해 평생을 걸기도 한다. 이러한 그들만의 이야기가 궁금했고, 내가 알아낸 선수 각자의 삶을 시청자들에게 전달하고 싶었다. 그들의 인생사가 잘 전달된다면, 경기를 보는 사람들은 마치 내가 알고 지내던 동생이, 친구가, 형이, 누나가 올림픽이라고 하는 무대에 나가는 듯한 느낌을 받을 수 있을 거라고 믿었다. 그래서 선수들 한 명 한 명이 다 주인공처럼 멋있어 보이기를 바랐다.

　　시합의 해설을 준비하면서 누구나 검색할 수 있는 선수들의 경기 전력, 직전 대회 성적, 경기 규칙보다는 쉽게 알 수 없는 선수들 개개인의 소소한 이야기를 섞어내기 시작했다. 그들의 생일, 취미, 좋아하는 음식, 한국에 여행을 온 경험, 좌우명, 은인, 존경하는 인물, 심지어 반려견의 이름까지……. 단순히 이러한 사실들을 열거하는 것이 아니라 이것들이 이 선수의 경기력에 어떠한 영향을 끼쳤는지 그리고 이 선수가 어떠한 과정을 거쳐 이 자리까지 오게 되었는지를 이야기했다. 선수들 한 명 한 명의 인생을 드라마처럼 엮어내고자 했다. 그러다 보니, 더 정확하게 보였다.

"야, 이 선수는 캐릭터가 확실하네."

이야기를 풀어내는 배우라는 직업 덕분에 대본을 수없이 읽으며 캐릭터를 분석했던 것이 이런 곳에서 빛을 발하게 될 줄이야.

다행히 내 믿음이 통했다. 이야기를 싫어하는 사람은 이 세상 어디에도 없었다. 시청자들은 선수들의 정보들을 들으며 TMI(Too Much Information, 불필요할 정도로 사소하고 잡다한 사실들)라고 부르면서도 개그처럼 재미있게 받아들였다. 나마저도 이야기의 매력에 더 흠뻑 빠졌던 시간이었다고 할까.

선수들의 이야기를 전달하는 중간 매개체로서 올림픽에 참가하다 보니, 선수들의 표정 하나하나에 닭살이 돋기도 하고 눈물이 나기도 했다.

250명의 선수, 그리고 250개의 이야기…….

어떤 장르는 스릴러였고, 액션이기도 했다. 코미디도 있었지만, 대부분은 멋진 감동의 드라마였다. 스토리텔링의 힘이란 바로 그런 것이었다. 어느 순간 그들의 이야기가 내 것이 되어버리고 그것이 다시 청자의 것이 되는 것.

항상 스스로 그런 질문을 한다. 과연 방송을 언제까지 할 수 있을까? 해설을 언제까지 할 수 있을까? 연기를 언제까지 할 수 있을까?

십잡스의 직업 중에서 가장 어려운 것은 뭐니 뭐니 해도 연예인이다. 은퇴의 자율성이 없기 때문이다. 연예인은 일을 더 하고 싶다고 해서 할 수 있는 직업이 아니다. 은퇴하는 것이 아닌 은퇴가 되는 직업이다. 내 노력과 상관없이 대중들의 판단으로 조용히 매체에서 사라지게 되는 운명을 받아들이고 살아가야 한다. 그러니 언젠가 나도 대중들의 기억에서 잊힐 것이다. 하지만…… 그렇다고 해도 이야기에 대한 내 진심은 사라질 것 같지 않다.

먼 훗날, 손주들에게 옛날이야기를 들려주는 은퇴가 된 멋진 할아버지의 모습을 상상해본다. 아이들에게 이야기를 들려줄 수 있는 할아버지야말로 내가 꿈꾸는 진정한 마지막 '잡'이다.

3부

무조건

해보는

수밖에!

가장
원하는
수식어

"뭐라고 불러드려야 할까요?"

자주 받는 질문이다.

"교수님? 이사님? 배우님? 선생님? 재민 씨? 심판님? MC님? 야?"

"야는 안 될 것 같네요."

반말 빼고 다 괜찮다고 얼버무리기는 하지만, 사실 참 난처할 때가 많다. 다양한 분야에 관심을 두고 활동을 하고 있으므로 상대방으로서는 꽤나 신경이 쓰일 부분이기는 하겠다. 그러다 보니 상황이나 시즌에 따라서 혹은 장소에 따라서 호칭을 달리 고르게 된다.

방송에 출연했을 때는 당연하게도 보통 '배우'라고 말한다. 특히나 영화 〈한산: 용의 출현〉이나 〈리바운드〉가 개봉했을 때는 배우라는 단어로 소개하는 것이 가장 편하기도 했다. 그러다가 겨울이 되면 '스노보드 해설 위원으로 인사드렸던'이라는 수식어를 반드시 붙인다. 그래야 사람들이 기억해주기 때문이다. 반면 스포츠 관계자들을 만날 때면, '국제 심판' 혹은 '연맹 이사' 등으로 인사한다. 때에 따라서는 누구의 아들이 되기도 하고, 누구의 아빠가 되기도 한다. 이제 어딘가에서는 '작가'라고 말할 수 있을지도 모르겠다.

그러다 보니 많은 사람이 물어본다.

"그래서…… 제일 듣고 싶은 호칭은 뭐야?"

물론, 직업적으로 목표는 있다. 배우로서 대표작 하나쯤은 갖고 싶다. 박재민이라는 이름을 들었을 때 '탁' 떠오르는 그런 작품 말이다. 해설 위원으로서 한 단계 더 업그레이드된 해설을 해보고 싶다. 남자, 여자, 어른, 아이 할 것 없이 누가 들어도 즐겁고 쉬운 해설을 해보는 게 바람이다. 교수로서 내가 가르친 제자들이 다 사회의 유능한 일원이 되어 잘 먹고 잘 살았으면 좋겠다. 스포츠 조직의 임원으로서 내가 속한 곳이 더 투명한 운영을 하고, 실력 있는 선수들이 국가대표로 배출되어 우수한 세계 성적을 거두는 데 일조했으면 좋겠다. 공정한 국제 심판, 유능한 작가, 재미있는 MC로도 기억에 남으면 좋기는 하겠다.

그런데 제일 듣고 싶은 호칭은 사실 따로 있다. 어렸을 때부터 가장 원했던 수식어이고, 앞으로도 이 말에 가장 큰 투자를 하지 않을까 싶다. 많은 사람이 알아주지 않더라도 나에게는 이 말이 가장 소중하고 가치 있었음을, 이 호칭을 사용하는 사람이 기억해주기만을 바랄 뿐이다.

좋은 아빠 박재민.

좋은 아빠로 기억되고 싶다. 이 세상에 존재하는 수많

은 단어 중에서도 '내 아이들의 아빠'만큼 소중한 말은 없다. 내 가족을 위해 모든 것을 희생하고자 했던, 그 희생을 두려워하지 않고 아까워하지 않았던, 가족이 삶의 최전방이자 최후방이었던 사람으로 추억되었으면 좋겠다. 그 외의 호칭들은 사실 좋은 아빠라는 수식어를 얻기 위한 수단이자 방편일 뿐이다.

언젠가 나도 이 세상을 떠나 자연으로 돌아가겠지만, 가족이 나를 떠올렸을 때 좋은 아빠로 기억해준다면 그것만큼 가치 있는 삶도 없을 것이다.

좋은 아빠라는 수식어를 얻기 위해서 나는 오늘도 달린다.

좋아하는 것을
더 좋아하려고
노력할 때

십잡스의 삶 중 하나는 무용과 교수다. 어린 나이였던 지난 2010년부터 운이 좋게도 예술대학에 임용이 되어 교수 생활을 이어왔다. 학생들과 함께하는 일만큼 재미난 일을 찾기는 쉽지 않다. 정기적으로 학생들을 만나면서 나 또한 새로운 것을 배우기도 하고, 무엇보다 그들이 성장하는 모습을 보며 대체할 수 없는 뿌듯함을 느끼기도 한다. 사회에 나간 학생들에게 간혹 연락이 오거나 그들이 활동하는 모습을 우연히 보게 되면 그렇게 보람찰 수가 없다.

나는 주로 이론 과목을 가르친다. 전공인 스포츠 이론을 무용과 접목한 수업이 주를 이룬다. 학생들이 인내를 갖고 학습하기 어려운 과목이다 보니, 정말 영혼까지 끌어모아 최선을 다해 가르치려고 한다. 내용이 너무 어려워 지루해질 때쯤이면 어떻게 해서든 아이들을 웃기고 이해시킨다. 한 학기에 한 번씩은 반드시 토론 수업을 하고 피자 파티를 열기도 한다. 그 덕분일까? 강의 평가는 10년 넘게 언제나 최고를 벗어난 적이 없다. 하지만 이렇게나 '재미있는' 박재민 교수의 강의 시간에도 꼭 구석에서 딴짓하는 학생들이 있다. 누구는 화장을, 누구는 게임을, 누구는 노트북으로 작업을 하기도 한다.

내가 학생일 때, 교실에서 한눈팔면 선생님들이 항상 하시던 말씀이 있었다.

"야, 너희가 아무리 몰래 뭘 해도 선생님 눈에는 다 보인다."

선생님, 정말 다 보입니다. 다 보인다고요!!! 뭘 해도 다 보인다는 선생님의 그 말이 이렇게까지 이해가 되는 순간이 오다니…….

처음에는 아이들의 그런 행위를 못마땅하게 여겼다. 수업하는 내 앞에서 버젓이 딴짓하는 모습을 보면 한편으로는 무시당하는 것 같기도 했다. 하지만 내가 아무리 지적해도 그 행동은 쉽게 바뀌지 않았다. 주어진 상황에 집중을 못 하는 학생들 탓을 할 수도 있겠지만, 가장 큰 문제는 (내가 생각하기에) 매우 재미난 내 수업보다 더 재미있는 무엇인가가 그들의 세상에 존재한다는 것이다. 강의 평가 1위의 내 수업보다 더 재미있는 것이 있을 수가 있다니! 그걸 아직도 몰랐다니!!!

내가 자주 하는 말 중의 하나는 '모든 원동력은 재미에서 나온다'라는 것이다. 인간은 누구나 즐거움을 추구하고, 지루한 것을 극도로 싫어한다. 아이들이 공부하기 싫어하는 이유도 그 때문이다. 노는 것은 재미있고, 문제를 푸는 것은 재미가 없다. 이 단순한 법칙은 인류가 존재한 이래 단 한 번도 바뀐 적이 없다. 반복되는 노동에 조금이라도 흥을 돋우려고 노동가가 생겨났고, 따분한 공식을 외우게 하려고 온갖 미사여구를 붙이기도 한다. 재미가 붙으면 추진력이 생기고, 추진력이 생기면 지속성이 생긴다. 지속성은 결국 성공의 열쇠가 된다.

오죽하면 네덜란드의 철학자 요한 하위징아는 인간을 유희의 동물, 호모루덴스로 정의했다. 호모루덴스는 우리 일상에서 쉽게 증명된다. 밤새 게임을 할 수 있다면 부모님이나 배우자의 등짝 스매싱까지도 감수한다. 일을 그렇게 했으면 프로젝트가 진작에 완성되었을 텐데, 그 추진력을 업무에서 얻지는 못한다. 게임은 재미있고 일은 재미없다. 게임은 누가 시키지 않아도 밤을 새우면서 하고 싶고, 추가 근무는 누가 시켜도 하기 꺼려진다.

재미를 느끼고 강한 추진력을 얻을 수 있는 것, 중독이 되는 것, 무엇하고도 바꿀 수 없는 열정을 느끼는 것. 이렇게 좋아하는 것이 직업이 되는 순간, 노동은 고됨이 아닌 즐거움으로 바뀔 수도 있다. 그러므로 뭘 해야 할지 모를 때, 미래가 불안할 때, 도전이 두려울 때, 지금 가장 하고 싶은 것부터 시작하는 것이야말로 가장 간단하고 확실한 해답일 수 있다. 좋아하는 걸 더 좋아하기 위해 열심히 하는 사람들이 늘어날 때야말로 이 사회가 건강해지고 개인의 행복이 상승한다고 믿는다.

언제부터인가 학생들의 딴짓을 그냥 놔두게 되었다. 그것이 얼마나 재미있으면, 지금 상황에서 하면 안 된다는 것을 알면서도 하고 있겠는가. 그렇게 딴짓을 하던 젊은이가 결국은 훗날 스티브 잡스가 되었고, 빌 게이츠가 되었고, 마크 저커버그가 되었듯이 그 학생들의 재미를 막기보다는 수업에 방해가 되지 않는 선에서 적절하게 할 수 있도록 지도하게 되었다.

돈 많고 유명한 사람의 삶에 종종 '재미'가 빠진 경우를 보게 되는데, 그들은 하나같이 인생이 행복하지 않다고 불평한다. 사람들이 자신을 부러워할지언정 정작 본인은 삶에 어떠한 열정도 느끼지 못하는 것이다. 이 세상에서 신나게 잘 살기 위해서는 반드시 무언가를 향한 열정이 있어야 하고, 그 열정은 다름 아닌 재미에서 온다고 생각한다.

십잡스의 에너지 원천도 재미에서 나온다. 재미있는 것을 더 재미있게 즐기기 위해, 좋아하는 것을 더 좋아하기 위해 치열하게 연구하고 궁리하던 노력이 내 삶을 풍요롭게 했다.

오늘도 나는 재미있는 일이 뭐가 있을까 치열하게 고민한다. 재미가 주는 열정이야말로 가장 거짓 없는 영구적 에너지원이기 때문이다. 영화 〈아이언맨Iron Man〉에서 토니 스타크의 가슴에 박혀 있는 소형 원자로가 그에게 계속해서 에너지를 공급했듯이, 박재민의 심장에는 재미와 호기심이 불을 반짝이며 거세게 뛰고 있다.

시간의
속도는
우리 손 밖에

누구에게나 단 한 번 인생 역전의 기회가 찾아온다고들 한다. 그 기회가 언제 나타날지 모르기 때문에 항상 만반의 준비를 해야 한다는 부연 설명도 붙는다. 삶의 경로를 완전히 바꾸는 계기, 실패가 성공으로 바뀌는 순간, 순식간에 부를 축적할 수 있는 시기. 잠시 숨을 가다듬고 상상만 해보아도 기분 좋게 가슴이 벌렁거릴 정도로 멋지다. 하지만 난 기회는 그렇게 갑자기 온다고 생각하지 않는다.

우리는 흔히 한 번의 결정이 삶을 크게 바꿔놓을 거라 기대한다. 마치 영화의 한 장면 혹은 SNS 포스팅에서 보았던 것처럼, 뜻하지 않은 계기에 올바른 선택만 한다면 금세 성공할 수 있다고 믿으면서 말이다. 안타깝게도 현실은 그렇지 않은 것 같다. 오늘의 판단이 변화를 가져오기까지 몇 달, 몇 년이 걸리기도 하고, 그사이에 또 다른 수많은 결단을 내려야 하는 걸 보면 말이다. 기회는 복권이 아닌 논술이다. 상황이 바뀌기까지 긴 시간이 걸릴 때는 우습게도 내가 대체 어떤 선택을 했었기에 이런 결론이 나왔는지 기억이 안 나기도 한다.

그래도 걱정하지 마시길. 기억력의 문제는 아니니까.

한 치 앞도 알 수 없는 내가 더 나은 결과를 얻기 위해서는 어떻게 해야 할까. 그 고민 끝에 누군가가 무엇을 제안했을 때 일단 해보기로 했다. 당장 큰 성과를 가져오지 못한다고 하더라도 눈앞에 주어진 것들을 묵묵히 해나가다 보면 예상하지 못했던 것들이 기회가 되기도 하고, 그 과정에서 또 다른 기회를 만날 수 있다고 확신한다.

2009년, 그러니까 내가 스노보드 선수로 활동하던 시절, 아는 선배가 스노보드 심판을 뽑는다는 공고를 봤다며 함께 지원해보자고 했다. 선배가 같이 하자고 한 이유는 그저 혼자 가기 심심해서였다. 이전까지 나는 심판이 되겠다는 생각을 단 한 번도 한 적이 없었다. 심판이 어떻게 양성되는지도 알지 못했고 정확하게 어떤 업무를 하는지, 급여는 있는지, 얼마만큼의 시간과 노력을 투자해야 하는지에 대해 전혀 아는 바가 없었다. 하지만 바로 알겠다고 했다. 어차피 주말에 별로 할 일이 없었기 때문이다. 합숙소에서 장비와 단둘이 데이트하기에는 뭔가 아쉽다는 생각이 들었다. 장비와의 권태기였달까.

1박 2일의 교육 및 시험을 이수하고 스노보드 심판 자격증을 받았다. 이때의 난 이게 삶에 어떤 도움을 줄지 전혀 알지 못했다. 9년이 지난 후에야 이 일은 내 삶의 일부분을 바꿔놓았다. 2009년부터 시작된 스노보드 심판의 삶은 2018 평창 동계올림픽 KBS 스노보드 해설 위원이라는 자리로 이어졌다. 당시 나는 방송 은퇴를 결심하고 유학을 준비하고 있었다. 갑작스럽게 찾아온, 하지만 과거에 한 선택에서 비롯된 이 일은 2020 도쿄 하계올림픽 KBS 3대3 농구 해설과 2022 베이징 동계올림픽 KBS 스노보드 해설 그리고 2022 항저우 아시안게임 3대3 농구와 브레이킹 해설, 2024 강원 청소년 동계올림픽 스노보드 및 프리스타일스키 해설로 다시 이어지며 내 인생의 완전한 전환점이 되었다.

우리는 매일 수많은 기회를 마주한다. 누군가의 제안이나 부탁 혹은 우연히 본 인터넷 광고, 심지어 내가 갑자기 관심이 생겨 검색하게 된 그 무언가까지…… 그리고 그 것들을 감행할 것인가 안 할 것인가 정하기에 앞서 가장 먼저 이 선택이 줄 이익 혹은 손해 그리고 기회비용을 따지고는 한다. 특히 숫자가 중요한 요즘 시대에는 지금 당장 수익으로 이어지지 않는 일은 안 하느니만 못하다는 인식이 있는 것 같다. 그런데 우리의 삶이 숫자로 정량화될 수 있던가.

지금의 결정이 내 인생에 어떤 영향을 끼칠지는 무수한 시간이 지나봐야 알 수 있다. 그게 오늘일지, 내일일지 혹은 수십 년 뒤일지는 아무도 수치화해서 짐작할 수 없다. 참 아쉽지만, 그게 삶이다. 시간의 속도는 우리 손 밖에 있다. 결과를 빨리 알 수 있으면 고민의 시간도 줄겠지만, 그건 인간의 힘으로 통제할 수 없는 부분이다. 그러니 무조건 해봐야 한다. 아니, 해보는 수밖에 없다. 지금의 판단이 옳은지 그른지를 평가하기보다, 내가 한 결정이 더 나은 미래로 향하도록 매일 또 다른 좋은 선택을 내리며 아주 조금씩 느리더라도 올바른 방향으로 한 걸음 한 걸음 내딛는 것이 더 중요하지 않을까.

'더 록The Rock'이라는 닉네임으로도 유명한 전 프로레슬링 선수이자 영화배우인 드웨인 존슨이 SNS에 올린 영상을 본 적이 있다. 워낙 좋아하는 배우다 보니 섬네일만 보고도 멋있다고 생각했지만, 나를 더 감탄하게 만든 것은 바로 그의 이야기였다. 영상에서 드웨인 존슨은 과거의 일을 회상했다.

"저는 지금 캐나다, 밴쿠버에 와 있습니다."

그는 고등학교 때부터 미식축구 선수로 활동했고, 스물두 살에 드디어 캐나다의 한 프로 팀 선수로 발탁된다. 미국 미식축구 리그 선수가 되는 것이 평생의 목표였기에 캐나다 프로 팀 입단은 인생을 바꿀 기회라고 여겨졌을 것이다. 하지만 프로 데뷔 이틀 후 드웨인 존슨은 주머니에 7달러밖에 없는 상태로 팀에서 제명당한다. 말 그대로 꿈이 산

산조각 난 것이다. 그러던 그는 우연히 아버지와 할아버지가 활약했던 프로레슬링에 도전하게 된다. 이후 더 록의 삶을 살다가 세계에서 출연료를 가장 많이 받는 배우 중 한 명이 되었다. 드웨인 존슨은 영상에서 이렇게 말한다. 프로 미식축구 선수가 되지 못한 것이 인생 최악의 사건이라고 생각했는데, 지금 와서 돌이켜보니 그 꿈이 좌절된 것이야말로 인생에서 최고의 사건이었다고.

그의 말이 맞다. 이 순간에 가장 일어나지 않기를 바라는 일이 어쩌면 우리 인생을 바꿀 기회일 수도 있다.

인생은 참 퍼즐 같다. 하나하나의 조각을 놓고 보면 이게 대체 어디에 들어맞을지, 어떠한 그림의 일부분일지 전혀 예상되지 않는다. 산더미처럼 쌓인 조각들을 보면 까마득하기도 하다. 의미가 없던 그 부분들이 하나둘씩 자리를 잡아가고 파편들이 비로소 완벽하게 맞춰졌을 때, 완성된 하나의 장면이 등장한다. 긴 시간이 걸리면 걸릴수록 그 그림은 아름다울 것이고 웅장할 것이다.

시간의 속도는 우리의 손 밖에 있다. 그렇기에 가끔은, 아니 종종 내가 어느 속도로 가고 있는지를 계산하지 않고 그냥 하루하루 한 걸음씩 묵묵하게 나아가는 것이 삶의 기회를 대하는 최고의 방법이 아닐까.

참 다행이다. 난 문과 출신이고 심지어 계산에 재능도 없다. 하⋯⋯!

두 번
해본다는
낭만에
대하여

코로나 직격탄을 맞기 직전, 꽤나 의미 있는 방송 출연 제안을 받았다.

"박재민 씨, 군대 다녀오실래요?"

"입대하라고요?"

바로 MBC 〈진짜 사나이〉라는 프로그램에서 섭외 제안이 온 것이다. 2018 평창 동계올림픽에서 성공적으로 해설 위원으로 데뷔했지만, 이후의 방송 섭외는 기대에 미치지 못했다. 이미 2017년 말에 은퇴를 결심했던 터라 방송은 다 끊겨 있었고, 해설로 화제를 모으기는 했지만 아주 잠깐이었다. 예능 프로그램 고정 자리도, 드라마나 영화 배역도 들어오는 것이 없었다. 말 그대로 실직자였다.

"어휴, 두 번이고 세 번이고 가죠. 당장 머리 깎으러 가겠습니다."

두말할 필요 없이 입대를 결정했다. 미국에서 태어났지만, 한국 사람이라면 국방의 의무를 다해야 한다는 확고한 신념으로 입대를 선택했었다. 그 각오가 무색하게 신체의 결함으로 인해 훈련소까지만 허용되었던 나에게 〈진짜 사나이〉는 분명 새로운 시도였다. 내가 출연하게 된 〈진짜 사나이〉 편은 '최정예 전투원'에 도전하는 것이 임무였다.

"일단 윗몸일으키기와 팔굽혀펴기는 기본이고요, 사격이랑 수류탄던지기도 해야 해요. 그런데 마지막 과제가……."

"마지막 과제가…… 왜요?"

최정예 전투원은 육군 간부를 대상으로 대한민국에서 가장 뛰어난 전투력을 갖춘 군인을 뽑는 경연으로 체력은 물론이고 사격, 독도법(지도에 표시된 내용을 해독하는 법), 개인 전투 기술 등 스무 개가 넘는 과목을 평가한다. 문제는 마지막 과목이었는데, 바로 '급속 행군'이었다.

급속 행군. 말 그대로 빨리 이동하는 것이다. 거리는 20킬로미터. 시간은 세 시간 이내. 마라톤 경주에서 보통 42.195킬로미터를 두 시간 초반대에 뛰니, 그 절반도 안 되는 20킬로미터를 세 시간 내에만 주파하면 되는 급속 행군이 충분히 달성 가능하다고 느껴질지도 모르겠다. 똑같은 생각을 나도 했다.

"할 만하겠는데요?"

하지만…… 아뿔싸. 급속 행군은 맨몸으로 뛰는 게 아니었다. 중간중간 마실 물과 간식, 총기를 비롯해 30킬로그램이 훌쩍 넘는 장비를 메고 달려야 했다. 1.5리터 생수병 스무 개 혹은 사과 200개 또는 달걀 600개에 해당하는 무게다. 더 쉽게 생각해서 열 살짜리 남자아이 한 명을 업고 뛴다고 생각하면 되겠다. 〈진짜 사나이〉 팀은 최정예 전투원이 되기 위한 스물다섯 개의 과제 중 절반 정도만 체험하기로 했지만, 마지막 평가 이전 과제에서 나머지 출연진들은 아쉽게 전부 탈락했다.

최후의 1인이 된 나 박재민에게 드디어 마지막 과목의 날이 밝았다. 맨몸으로 뛰는 것이라면 얼마든지 가능하겠지만, 군대 장비를 다 차고 하는 급속 행군은 차원이 다른 도전이었다. 심지어 다른 최정예 전투원 후보자들과는 달리 연예인들은 이 프로그램을 통해 갑자기 투입된 비전문가들이었다. 훈련량과 전문성이 떨어지는 것도 문제였지만, 맞지 않는 군복과 전투화도 말썽거리였다. 설상가상으로 아침부터 추적추적 내리기 시작한 비가 꽤 많은 양으로 바뀌었고, 길 군데군데 웅덩이가 생길 정도로 환경이 안 좋았다. 가장 멀리 달려본 것이라고는 10킬로미터 마라톤 대회가 전부인 나에게 20킬로미터는 난생처음 경험해보는 거리였다. 거기에 30킬로그램이 넘는 장비의 무게까지…….

"3, 2, 1, 출발!"

내 걱정과 상관없이 평가는 시작되었다. 이미 물을 머금은 장비는 더 무겁게만 느껴졌고, 사전에 한 번도 경험해본 적이 없는 길은 더 멀고 험한 것만 같았다. 그저 다른 간부들이 달려가는 쪽으로 같이 뛰는 수밖에 없었다. 초반에는 다행히도 선두 그룹이었지만, 점차 뒤처지기 시작했다. 코스를 모르니 페이스를 조절할 수도 없었다. 지금 오르는 길이 대체 언제쯤 끝날지, 이곳이 대충 몇 킬로미터나 온 구간인지 계산이 되지 않았다. 마치 시험 범위를 모르고 시험을 치는 느낌이랄까⋯⋯. 믿을 것은 옆 간부들이 달리면 달리고, 걸으면 걷는 커닝밖에 없었다.

끝도 보이지 않는 시골길이 계속됐다. 몸이 천근만근 무겁게만 느껴질 때, 국내 유명 닭고기 브랜드 공장이 나오면 거의 다 온 것이라고 했던 한 간부의 말이 떠올랐다. 그때, 저 멀리 보이는 거대한 공장⋯⋯. 거대한 통닭이 나에게 어서 오라고 손짓하고 있었다.

"닭⋯⋯ 닭이다⋯⋯. 닭이다!!!"

이제 거의 다 왔다. 시계를 들여다보니 세 시간까지 채 10분도 남지 않은 상황이었다. 내 앞에 있던 간부들도 상황이 여의찮은 것을 깨닫고 전속력으로 질주하기 시작했다. 20킬로미터 넘게 커닝만 하던 나도 당연히 그 대열에 합류했다. 시계는 이미 두 시간 58분을 향해 가고 있었고, 마지막 도착지에 다다르기 직전에 나타난 가파른 산길은 나의 양발을 뒤로 밀어내기만 했다. 나와 함께 뛰다가는 본인도 탈락할 것을 알면서도 함께해준 간부 한 분이 있었는데, 그분은 이미 세 시간이 지났음에도 "아직 세 시간 넘지 않았

어. 조금만 더 가면 합격이야!"라고 외쳐주며 힘을 실어줬
다. 방송에서는 이야기하지 못했지만…… 내 시계는 이미
세 시간이 지났다는 알람을 울리고 있었다…….

틸썩.

세 시간 6분. 나는 마지막 과목에서 결국 무릎을 꿇었
다. 이날의 급속 행군은 역대 가장 어려웠던 환경이었다고
한다. 수십 명의 참가자 중 단 세 명만 최정예 전투원 배지
를 받을 수 있었다. 임무를 마친 내 상태는 좋지 않았다. 맞
지 않는 전투화를 신고 20킬로미터를 달렸더니, 양발의 뒤
꿈치 살이 다 벗겨져서 의무대에서 잘라내야 했고 몇 주 뒤
에는 발톱마저 세 개가 빠져버렸다. 몸의 상처보다 더 아픈
것은 마음의 생채기였다. 무엇보다도 세 시간이라는 시간
은 모든 것을 쏟아부어도 도저히 돌파할 수 없는 과제인 것
만 같았다. 동료 연예인들뿐만 아니라 헌신적으로 같이 훈
련에 임해준 간부들이 모두 탈락한 상황에서 그들을 위해
서라도 반드시 합격하고 싶었으나 체력이 그 수준에 미치
지 못했다는 패배감이 들었다. 하지만 시간이 지나며 흉흉
했던 감정이 사라지자 뭔가 꿈틀거리기 시작했다. 그 정체
는…… 이놈의 승부욕……. 아니, 승부욕이라고 할 수는 없
었다. 누군가를 이기고 싶은 것이 아니었기 때문이다. 그저

다시 해보고 싶었다. 성공할 때까지 해보고 싶었다. 내 뒤꿈치와 발톱과도 맞바꾸지 못한 그 통한의 6분, 그 아쉬운 기억을 성공의 기쁨으로 바꾸고 싶었다. 결국, 6개월 뒤에 육군 홍보 대사 자격으로 육군 본부에 요청했다.

"다시 한번 해보고 싶습니다."

마침 〈진짜 사나이〉를 찍는 동안 훈련을 같이 했던 동료 부사관 중 한 명이 재도전한다는 소식을 듣고 응원하고 싶던 차였다. 다행히 육군 본부는 페이스메이커로서 달려보라며 허락했고, 나는 백골부대 이요한 중사의 개인 페이스메이커로 다시 출발대에 섰다. (급속 행군 때는 부대별로 페이스메이커들이 같이 달려준다.)

"3, 2, 1, 출발!"

이건 무슨 데자뷔 현상도 아니고……. 이 출발선에 서서 이 카운트다운을 또 듣고 있다니! 그렇게 행군이 시작되었다. 그런데 뭔가 이상했다. 아니, 이상하다는 느낌보다는 뭔가 달랐다. 6개월 전, 그러니까 처음 급속 행군을 할 때에는 한 농장을 지나칠 무렵에 숨이 턱 끝까지 차올랐으나 이번에는 여유가 있었다. 심지어 그 근처를 지나면 개가 짖는다는 것을 알고 미리 마음의 준비까지 하고 있었다.

"월월월월월!!!!"

"그래, 나 또 왔어!"

그다음에 나온 내리막길 그리고 곡선 코스, 건널목을 거쳐 마침내 닭고기 공장까지……. 이미 한 번 훑어본 내용이 시험에 나오는 것처럼 모든 것이 수월했다. 기원전 490년, 그리스와 페르시아의 전쟁이 끝나고 한 병사가 아테네까지 42.195킬로미터를 달려가 승전보를 알리고 그 자리에서 죽은 것처럼, 나도 그렇게 될 수 있겠다는 생각이 들던 첫 도전과는 달리 두 번째는 민망하리만치 할 만했다. 결과는…… 합격. 이요한 중사와 나는 동반 합격을 하여 각각 최정예 전투원, 명예 최정예 전투원 자격을 부여받았다. 양발 뒤꿈치와 발톱 세 개를 맞바꾼 그 영광의 자격을 6개월이 지나고 겨우 쟁취한 것이다.

살다 보면 커다란 벽을 만나고는 한다. 처음에는 그 벽이 너무나도 거대해 보여서 그 위력에 압도당하고 만다. 하지만 언젠가 또다시 그 벽을 만난다면, 예전과 다르다는 느낌을 받기도 한다. 마치 초등학교 때 너무나도 커 보였던 학교 운동장이 중학생이 되었을 때, 고등학생이 되었을 때, 성인이 되었을 때 다시 가보면 그 느낌이 각각 다르듯이 내 앞을 가로막는 벽은 언제나 똑같은 위용을 자랑하지는 않는다. 종종 그 벽은 처음에 생각했던 것보다 작기도 하고 혹은 더 약하다. 반대로 말하면 내가 생각하는 것보다 우리 자신은 더 크고 강하다.

한 번 해서 안 되면 두 번을 해봐야 한다는 걸 〈진짜 사나이〉를 촬영하며 새삼 알게 됐다. 두 번을 해서 안 되면 세 번을 해야 한다. 물론, 아무리 시도해도 해내지 못할 수도 있다. 중요한 것은, 도전할 때마다 분명히 성장할 것이고 점점 수월해진다는 것이다. 그리고 그 도전을 통해 조금이라도 발전했다면, 또 다른 일에 맞서더라도 더 쉽게 성공할 것이라고 믿는다.

두 번 한다는 것, 그것은 낭비가 아니라 낭만이다.

기본적인
것들의
가치를
되새기는 일

언제부터인가 특별했던 것들이 더는 별다르게 느껴지지 않는다는 걸 알게 되었다

"뭐지, 이제는 그렇게 재미있지 않네."

어느덧 나이가 마흔을 넘기니, 왜 마흔을 불혹이라고 하는지 새삼 이해하게 된다. 우선, 세상이 주는 자극에 점점 무뎌진다. 세상은 빠르게 달려가지만, 그러한 속도에 맞춰야 하는 동기를 찾지 못하겠다. 좋게 말하면 유혹에 들지 않는 나이, 반대로 이야기하면 세상 모든 것이 시시해 보이기 시작하는 나이가 됐나 보다.

세상이 재미없어 보이고, 욕심이나 욕망이 사라진다는 것은 씁쓸한 일이기도 하다. 나름 아등바등 열심히 살아왔지만, 마흔에 접어들면서는 안 되는 것도 있다는 것을 알게 되었달까. 세상을 바꿀 수 있을 것 같았던 20대, 세상이 바뀌는 것 같았던 30대를 지나, 되돌아보니 바뀐 게 하나도 없는 40대에 접어든 것만 같다. 무언가 큰일을 해낼 수 있을 것만 같은 마음으로 열정을 쏟아붓던 일상들이 사라지고 무료한 오늘이 반복되는 느낌. 무언가를 위해 쉴 틈 없이 열심히 달려왔는데 고개를 들어보니 무엇을 향해 달려가고 있었는지 까먹은 느낌도 든다. 갑자기 망망대해에서 나침반을 잃어버린 이 기분……. 아, 슬럼프인가 보다.

오지에서 촬영을 진행하던 중 가이드가 해준 말이 떠오른다.

"만약 길을 잃게 된다면 더 나아가지 말고 일단 제자리에 서서 그곳이 어디인지 파악하십시오. 그런데도 길이 안 보인다면 왔던 길을 되돌아가세요. 그러면 어디서 길을 잘못 들었는지 알 수 있게 될 것입니다."

길을 찾지 못하겠다면 처음 왔던 곳으로 되돌아가기. 되돌아가야 하는 그곳……. 아마도 내가 지금 돌아가야 하는 곳은 초심인 듯하다.

미국의 텍사스대학교 오스틴캠퍼스 졸업식에서 미국 해군 대장 윌리엄 맥레이븐은 이런 말을 남긴다.

"만약 네가 세상을 바꾸고 싶다면, 침대부터 정리해라. 매일 아침 잠자리를 정리한다면, 하루의 첫 임무를 완수한 것이다. 그것은 너에게 약간의 자부심을 줄 것이고, 다음 일, 또 다음 일을 해낼 수 있는 용기를 줄 것이다. 하루가 끝날 무렵이 되면, 그 작은 성공이 많은 임무의 성공으로 거듭나 있을 것이다. 침대를 정리하는 것은 인생의 작은 일들을 해내는 것이 중요하다는 사실을 알려줄 것이다. 사소한 일조차 제대로 해내지 못한다면, 큰일은 당연히 해내지 못할 것이다. 혹여 오늘 하루가 엉망진창이었다고 해도, 적어도 집에 돌아오면 내가 해낸 첫 임무인 잘 정돈된 침대가 나를 기다리고 있을 것이고, 그것은 내일은 더 나을 거라는 격려를 해줄 것이다."

종종 내가 무엇을 향해 달리고 있는지 잊곤 한다. 분명히 오늘 하루를 열심히 살았는데, 치열하게 보냈는데, 어제보다 더 나은 날을 만들려고 노력했는데……. 불현듯 달리고 있는 내 모습만 보이고 목적지가 안 보이곤 한다. 그럴 때는 길을 잃으면 제자리에 서서 현재 상황을 찬찬히 살펴보라던, 그래도 해결이 안 된다면 처음으로 돌아가라던 촬영 가이드의 말을 떠올린다. 하루의 첫 시작으로 침대부터 잘 정리하라는 맥레이븐 대장의 축사를 기억한다. 어쩌면 지금 나에게 가장 필요한 것은 '처음'으로 돌아가는 것이 아닐까.

세상을 살다 보니 익숙한 것들에게 실례하는 경우가 많다. 너무나 당연하고 쉬워서 건너뛰고 마는 것이다. 가족을 향한 예의, 아침 식사, 식당 직원에게 건네는 상냥한 인사, 내 건강 등……. 하지만 가장 기본적인 것들의 가치부터 되새기지 않는다면, 가장 작은 문제부터 해결하지 못한다면 다음 단계로 나아갈 수 없다.

삶에서 가장 중요한 것은 내가 할 수 있는 가장 기본적인 일들을 해내는 것이라고 믿는다. 할 수 있는 가장 작은 것부터 처리해야지, 해결할 수 없는 문제를 끝까지 물고 늘어지는 것은 삶에 큰 도움이 되지 못했다. 아무리 익숙한 일이라고 해도 늘 첫 번째 문제부터 차근차근 풀어나가야지, 쉽다고 지나친다 해서 다음 일을 더 잘 수행할 수 있는 건 아니었다. 마치 휴대전화 잠금 화면을 풀 때 익숙하다고 막 치다가 한 글자라도 빠뜨리면 절대 잠금이 안 풀리는 것처럼 말이다. 심지어 그 쉬운 일도 몇 번 연달아 반복해서 실수하면 1분간 잠금 풀기가 제한된다.

기본기에 충실하고, 초심을 가지는 것. 이것이 내가 요즘 가장 중요하게 생각하는 것 중 하나다.

잠깐…… 잠금 화면 풀기가 또 1분간 제한됐다. 이런…….

내일은
또 다른
새로운
하루니까

마블 시리즈의 열광적인 팬이다. 〈아이언맨〉부터 가장 최근에 나온 멀티버스 시리즈는 물론이고 디즈니 플러스 앱을 깔아야만 볼 수 있는 오리지널 시리즈까지, 안 본 작품이 없을 정도다. 그것도 작품당 최소 세 번씩은 봤을 것이다. 그중에서도 가장 좋아하는 작품 하나를 꼽으라 하면 단연 〈닥터 스트레인지Doctor Strange〉다. 천재적인 재능을 타고난 닥터 스트레인지가 불의의 교통사고로 인해 외과의의 생명과도 같은 손을 다치면서 절망의 늪에 빠지고 회복하는 과정을 다룬 영화다. 불굴의 의지와 대의를 보여주는 캐릭터가 너무나 인상적이었다.

영화 속에서 유독 시선을 끄는 한 장면이 있었다. 바로 닥터 스트레인지가 세상을 구하기 위해 무한히 반복되는 공간, 즉 타임 루프에 자신을 가두면서 숙적인 도르마무를 끝없이 불러내는 부분이다.

"도르마무, 협상을 하러 왔다."

"도르마무, 협상을…… 컥." (죽음)

"도르마무, 협…… 컥." (또 죽음)

"도르…… 컥." (역시 죽음)

이 장면을 보고 있으니, 불현듯 내가 한번 겪은 적이 있는 일을 보는 것만 같은 데자뷔 현상이 일어났다.

"대체 이 장면을 어디에서 봤지?"

기억의 근원을 찾는 데는 그리 오래 걸리지 않았다. 흐릿한 안개에 가려 있던 그 장면은 바로, 중학교 기말고사 시험 범위를 공부할 때였다. 잠을 아무리 자도 잠이 오고, 자고 일어나면 언제나 같은 페이지를 보고 있었다. 분명히 한 시간 동안 공부하며 진도를 나갔는데, 눈을 깜빡이고 나면 책상 위에 엎드려 있는 모습이 반복되었고 페이지는 제자리였다. 마치 시간을 조종하는 누군가가 내 시험공부를 망치기 위해 태엽을 돌리고 있는 느낌이랄까. 분명히 공부를 열심히 하고 있는데, 왜 진도는 제자리이냔 말이다! (아마도 시공간의 멀티버스에서 빠져나오지 못했던 사람은 꽤 많을 것이다. 침도 흘렸겠지⋯⋯.)

이 고통스러운 시험 기간이 끝나고 나면 신기하게도 시공간의 뒤틀림이 말끔히 풀리면서 언제 그랬냐는 듯 현실로 돌아왔다. 현실 세계라니! 모든 것이 정상으로 돌아왔다니! 그렇다면 이 축제를 즐겨야 하지 않겠는가? 중간고사와 기말고사 사이의 몇 주는 학기 중임에도 불구하고 시험이 끝났다는 이유 하나만으로 충분히 방학과 같은 축제 기간이었다.

시험이 끝나면, 그날 저녁부터 며칠간 세상이 끝난 것처럼 놀았다. 밤새 친구들과 농구, 축구를 하거나 내 인생의 유일한 게임이었던 스타크래프트를 했다. 그야말로 완벽한 일정이었다.

하루는 그런 내 모습을 본 어머니께서 말씀하셨다.

"시험이 끝났으면 세상도 끝난 거야? 내일 없어?"

그 당시에는 그저 잔소리로밖에 들리지 않았지만, 20년이 훌쩍 넘은 지금은 이 한마디가 내 가슴속 깊은 곳에서 나침반 역할을 하며 세상의 대소사를 무던하게 받아들이게 돕고 있다.

우리는 누구나 기쁨과 슬픔을 누릴 자격이 있다. 뻔한 이야기지만 이러한 감정을 누군가와 나눔으로써 기쁨은 두 배가 되고 슬픔은 절반으로 줄어들기도 한다. 더 나아가 기쁨을 축제로 승화시키기도 하고 슬픔을 술로 달래기도 한다. 하지만 시간이 지나면 하늘을 찌르던 기쁨에 무감각해지고 죽을 것같이 힘들었던 슬픔에 둔감해진다. 익숙함 혹은 망각으로 불리는 이 기능은 인간이라면 누구에게나 탑재된 것으로, 오늘에 안주하지 않고 내일을 더 열정적으로 살 수 있게 해준다.

브레이커나 농구 선수로 활약하던 시절, 대회에 나가서 우승하면 너무나도 기뻤다. 그동안의 노력이 보상받은 것만 같았고, 세상에서 가장 특별한 사람이 된 것 같았다. 하지만 다음 날의 내 삶은 하나도 달라지지 않았다. 복권

당첨과 같은 대박의 삶이 내 앞에 놓여 있지는 않았다. 매일 아침 자명종이 울리며 똑같은 하루의 반복되는 훈련 일정을 알렸다.

우리는 초등학교 때 받았던 상을 평생 기뻐하지 않는다. 대학교에 들어가서 사귀었던 전 애인을 평생 그리워하지도 않는다. 그 시절을 생각하면 좋은 기억 혹은 나쁜 기억이 떠오를지언정, 감정까지 오롯이 되살아나 그때처럼 나를 흥분하게 또는 괴롭게 만들지는 않는다. 감정과 기억은 언젠가 흐려지기 마련이고 추억만이 어렴풋이 남는다. 어머니께서 말씀하셨던 것처럼, 오늘의 일은 오늘로 끝내야지 내일까지 붙잡아둘 필요가 없다. 그것이 좋은 일이건, 안 좋은 일이건…….

누군가는 너무 건조하게 사는 것이 아니냐고 반문하겠지만, 어느 순간부터 매우 즐거운 일이 생겨도 적당히 즐기고 매우 아픈 일도 적당히 비관하려고 한다. 오늘 최악의 일이 있었을지라도 내일은 좋은 일이 생길 수도 있으니까. 또 오늘 좋았던 일이 내일 안 좋은 일로 연결될 수도 있으니까. 최대한 무던하게 일희일비하지 않으며, 매사에 적극적이고 열정적으로 살고자 한다. 이건 결코 감정 없이 메마르게 사는 것을 뜻하지 않는다. 그저 오늘의 일을 내일까지

억지로 끌고 가지 않는 것을 뜻한다. 내일은 오늘과 다른 새로운 하루가 기다리고 있으니 말이다.

오늘의 작은 성과가 내일의 나를 극적으로 바꾸어주지는 않는다. 반대로 오늘의 실패가 내일의 성공을 가로막지도 않는다. 실수가 있었다면 아쉬움은 그 순간 매듭짓고 다시 일어나야 한다. 마찬가지로 성공을 했다고 안주한다면 금세 따라잡히고 말 것이다. 그게 자연의 순리라는 것을 어머니께서는 알고 계셨다.

가끔 중학교 때 친구들을 만나면 커피 한 모금에 추억을 곁들이며 시간 여행을 하곤 한다. 오늘만 있고 내일은 없던 시절. 오늘의 기쁨이 평생 갈 것만 같았던 시절……

감정의 폭을 잘 부여잡고 꾸준히 정진하는 삶을 살기 위해 부단히 노력하지만, 이따금 아무런 걱정 없이 순간의 기쁨에 취해 즐거웠던 그 시절이 그리운 것도 사실이다.

딱 그 중간 어디쯤 공상과 현실 사이에서 살 수 있다면 참 좋을 텐데 말이다. 하하.

미래는
알 수 없지만
오늘의 나는
살아 있다

살다 보면 평생 벌어지지 않을 것 같은 일들이 일어날 때가 있다. 때로는 그 일이 크나큰 행운으로 다가오기도 하지만, 안타깝게도 불행하게 느껴지는 경우가 더 많다. 나에게도 그런 일이 있었다.

우울증이라고 하는 녀석은 대학 때 처음 나를 찾아왔다. 농구 선수 시절, 연습 경기를 하다가 크게 다치는 바람에 구획증후군을 앓게 되었다. 구획증후군이란 근육조직이 외부 충격으로 인해 비정상적으로 부어올라 심한 경우 근육이 괴사하는 질환이다. 내가 다친 허벅지에는 인간의 몸에서 가장 두꺼운 근육이 있어 어지간한 충격은 흡수한다. 하지만 나는 그렇지 못했다. 근육이 잘 부어오르는 체질이라는 사실을 모르고, 두 배 가까이 부푼 허벅지를 보며 '이러다 말겠지'라는 생각으로 내버려뒀다. 허벅지는 마치 수도꼭지에 꽂아 넣은 풍선처럼 부풀었다. 근육이 비정상적으로 계속 붓는데 피부가 더 늘어나지 못하면 결국 안쪽으로도 부어 다리 안의 압력이 높아진다. 그 상태가 계속되면 결국에는 혈액순환 장애가 일어나고 근육과 피부가 괴사한다. 그 일이 바로 내 다리에서 일어나고 있었다.

별일 아니겠거니 하면서 참고 참다가, 통증으로 인해 혼절하고서야 병원으로 실려 갔다. 의사는 상태가 심각하다며 근육을 잘라내야 할 수도 있고 심하면 다리를 통째로 절단하게 될 수도 있으니 어느 정도 마음의 준비를 하고 있으라고 말했다. 이게 끝이 아니었다. 더 최악의 상황이 남아 있었다. 만약 독성 물질이 신장으로 흡수가 됐다면 신부전증으로 이어져 장기적으로 투석을 해야 할 수도 있었다.

중환자실, 응급 수술, 다리 절단, 신부전증, 신장 투석…….

"……."

할 수 있는 말이 없었다. 아무리 긍정적인 사고방식을 가졌다고 해도, 고작 만 열아홉 살의 대학생이 할 수 있는 건 그저 허공을 바라보는 것뿐이었다. 드라마나 영화에서나 볼 법한 상황이었다. 차가운 병원 침대와 담담한 의사의 말. 모든 것이 비현실적이었으나, 그것은 오롯한 현실이었다. 바로 며칠 전까지 세상에서 가장 건강하다고 자부하던 청년은 부어오른 다리를 천장에 매달린 줄에 걸어둔 채 아무것도 할 수 없는 처지가 되었다.

부상을 차치하고서라도 인생에 대한 많은 고민을 하던 시기였다. 비록 고등학생 때 부모님 몰래 브레이킹 연습실에 가기도 했지만, 기본적으로 나는 어른들의 말을 잘 듣는 아이였다. 하지 말라는 것은 절대 하지 않았고 법이나 질서, 규칙을 누가 지켜보지 않아도 잘 따랐다. 어른들이 나쁘다고 하는 담배를 평생 피워본 적이 없고, 누가 감시하지 않아도 쓰레기를 버리거나 무단횡단을 하지 않았다. 누군가는 "굳이?"라고 말하겠지만, 그냥 타고난 천성이 그랬다. 하지만 대학교에 다니며 그동안 믿고 따라온 가치나 이념이 송두리째 무너지는 걸 느꼈다. 귀중한 가치라고 생각하며 살았던 것들이 대학교라는 공간에서는 중요하지 않았다. 경쟁에서 승리하기 위해서는 수단과 방법의 정당성을 따지면 안 됐다. 내가 살기 위해서는 무조건 이겨야 하는 게임 속에 있는 것만 같았다.

이 무한 경쟁 속에서 잘 사는 게 뭔지, 진정한 삶의 의의가 뭔지, 내가 세상에 태어난 이유가 뭔지 점차 헷갈리기 시작했다. 배워왔던 바로는, 세상은 정당해야 하고 정직해야 했으나 현실은 그렇지 않았다. 올바르게 사는 것은 결과와 승리에 아무런 도움을 주지 못했다. 이러한 근본적인 질문의 답을 찾기 위해 종교학을 공부하기도 하고 상담을 받아보기도 했지만, 삶이 나를 공격하는 강도는 점점 강해져만 갔다.

그때쯤, 오랫동안 내 곁을 지키던 반려견이 무지개다리를 건넜다. 얼마 뒤 친구 한 명이 오토바이 사고로, 또 다른 친구는 모로코에서 교통사고로 세상을 등졌다. 목숨이라는 것이 너무 나약하고 허무하게 느껴졌고, 존재라는 것이 무의미하게 느껴졌다. 나를 둘러싼 질문들이 더 거세게

휘몰아쳤다. 급기야 내일 다리를 절단할 수도 있다는 말을 들으며 중환자실 침대에 누워 천장을 바라보고 있었다.

다행히도 수술은 잘되었다. 하지만 수술이 끝이 아니었다. 허벅지 근육의 압력을 낮추기 위해서는 피부를 약 30센티미터 정도 절개한 뒤에 5센티미터 너비로 벌려둔 채 2주간 지내야 했다. 근육은 계속 부어오르는데 피부가 늘어나는 데에는 한계가 있으니, 피부를 열어 근육에 공간적 여유를 주기 위함이었다. 근육이 피부 바깥으로 튀어나와 있는 상태이다 보니 침대에서 벗어날 수가 없었다. 자세를 바꿀 수도 없었다. 누운 자세로 밥을 먹고 배뇨와 배변을 해야 했다. 심지어 배설을 스스로 해결할 수 없어 간호사가 다 받아줘야 했다. 너무 비참했다. 거기다 마약성 진통제를 장가간 맞다 보니 정신까지 희미해졌다.

병원에서 지낸 지 거의 3주가 되어갈 무렵, 창밖에는 눈이 내리고 있었다. 영화 속 어떤 대사처럼 '죽기 좋은 날'이었다. 무의식적이지만 이성적으로 창밖으로 뛰어내려야겠다고 생각했다. 마음먹은 그 순간, 어렵게 손을 뻗어 창문의 손잡이를 잡고 힘껏 열어젖혔다. 그런데…… 이럴 수가 있나. 병실의 창문은 환기만을 위한 것일 뿐, 완전히 열리지 않도록 설계되어 있었다. 몇 번이고 닫았다가 다시 열어봤지만, 활짝 열린 내 다리와는 달리 창문은 좀처럼 열리지 않았다. 미친 듯이 침대 위에서 발버둥을 쳤지만, 할 수 있는 것은 아무것도 없었다. 마음대로 죽을 수도 없는 상황을 원망하며 울부짖었다. 바뀌는 것은 없었다.

시간이 흘렀다. 다행히 신부전증은 오지 않았고 다리를 절단하지도 않았으며, 죽지 않았다. 비록 2년이라는 시간 동안 재활 치료를 받아야 했고, 그 후유증으로 지금도 수술을 받았던 오른쪽 허벅지에는 감각이 없지만 나는 살아 있다.

20년이 지난 일이지만, 그때 내가 가졌던 질문들과 찾아 헤맸던 답들은 여전히 가슴속에 남아 있다. 다만, 그 당시에는 그 문제들이 내 삶을 공격하기만 했다면, 이제는 방패가 되어 흔들릴 때마다 나를 보호해준다.

그 사건은 미래는 아무도 알 수 없다는 사실을 다시 한 번 깨닫게 했다. 내가 당장 내일이 없는 사람이 될 수도 있다는 것, 아무것도 못 하는 사람이 될 수도 있다는 것은 지금도 나를 겸손하게 그리고 강하게 만든다. 내가 누리는 것이 당연하지 않기에 하루하루가 새롭고 감사하다. 내일이 없을 수도 있으니, 좋아하는 것을 마음껏 좋아하고, 하고 싶은 걸 마음껏 하는 날들이 얼마나 소중한지를 오늘도 느낀다.

그날, 그 창문이 열렸다면 지금의 나는 어디에 있을까? 혹은 우울증에 걸리지 않았다면 나는 어떤 생각을 하며 매일을 살아가고 있을까? 다리를 다치지 않았더라면, 수술을 하지 않았더라면 또 달랐을까?

모르겠다. 어쨌거나 나는 죽지 않았다. 우울증에 지지 않았다. 건강하다. 무엇보다도 행복하다. 이 모든 것은 내가 살아 있기 때문이라는 것을 안다.

그렇다.

지금 나는…… 살아 있다.

행복은
돈으로
살 수 있다

누구나 한 번쯤 '돈으로 행복을 살 수 있을까?'라는 생각을 해보지 않을까? 내 대답은 아주 확고하다. 살 수 있다! 아니, 절에서 6년이나 살았다면서 이렇게나 세속적인 대답을 한다니! 하지만 말했듯이 나는 확고하다.

"네! 돈으로 행복을 살 수 있습니다!"

단, 조건이 있다. 돈을 행복에 쓸 줄 알아야 한다.

스페인으로 촬영하러 간 적이 있다. 담당 PD님과 함께 한 식당에서 피자를 맛있게 먹었는데, 끼니때를 놓친 데다가 둘 다 생각보다 먹는 양이 적어 여덟 조각 중 무려 여섯 조각이 남았다. 하는 수 없이 피자를 포장해서 나오다가, 식당 출입구에 자리를 잡은 한 노숙자에게 시선을 빼앗겼다. 그는 조금 특별해 보였다. 일단 젊었다. 누가 봐도 20대였다. 건장했다. 심지어 곱슬머리의 금발에 이목구비가 뚜렷한 호감형의 미남이었다. 그의 앞에 놓인 종이 팻말에는 돈을 원한다는 메시지가 적혀 있었고, 그의 눈은 초점 없이 먼 곳을 바라보고 있었다. 덥수룩한 수염과 잔뜩 해진 옷까지⋯⋯. 노숙을 한 지 꽤 되어 보이는 차림새였다.

그와 나는 비슷한 나이였고 비슷한 신체 조건을 갖고 있었다. 나는 외국의 좋은 레스토랑에 앉아 음식을 먹고 심지어 남긴 채였고, 그 청년은 길에 앉아 행인들이 내어줄지도 모르는 돈을 바라고 있었다.

우리에게 무슨 차이가 있는 걸까.

이 생각이 내 머릿속을 떠나지 않았다. 이미 10년도 더 지난 일이지만 지금도 그 질문은 매일 올리는 기도처럼 내 입가에 머문다. 그 남자와 나는 무엇이 달랐을까?

스페인에서 시작된 촬영은 모로코로 이어졌다. 모로코의 대표적 휴양지인 마라케시에서 촬영을 진행하던 중, 야시장에서 저녁을 먹게 되었다. 마라케시 시장의 만찬은 특이하게도 노상에서 펼쳐졌다. 넓은 광장의 테이블에 앉아 먹는 식사는 상당히 매력적이었다. 모로코에는 내가 몰랐던 특징이 있었는데, 집시들이 매우 많다는 것이었다. 관광객만큼이나 많은 집시는 그들 나름의 규칙과 방식으로 사람들에게 물건을 팔기도 하고 구걸을 하기도 했다. 그들 고유의 생활 방식이기에 불쌍하다고도 나쁘다고도 말해서는 안 됐다. 수많은 나라를 다니면서 배운 점은 문화적 차이를 존중하라는 것이었다.

그런데 한 장면만은 아직도 내 마음 한편에 안타까움으로 남아 있다. 우리가 식탁에 앉자 점원이 식전 빵을 내왔는데, 누군가 먹다 남긴 것을 다시 가져온 것 같았다. 소스도 묻어 있었고 베어 문 흔적도 있었다. 그러려니 하면서도 영 내키지 않아 식탁 한편으로 치워놨는데, 갑자기 손하나가 그 빵을 향해 다가왔다. 깜짝 놀라 옆을 돌아보니 어린 소녀가 빵을 가져가기 위해 손을 내밀고 있었다. 그 순간, 어머니로 보이는 여성이 아이의 손을 치면서 꾸짖는 투로 뭐라고 하는 게 아닌가. 비록 그 언어를 알아들을 수는 없었지만, 함부로 다른 사람의 빵을 가져가면 안 된다는 교육이 이뤄지고 있는 듯했다. 그 어머니는 빵을 하염없이 바라보면서 우리가 내주기만을 기다렸다. 바로 옆에서는 소녀가 어머니를 따라 무릎을 꿇고 조금 전까지 바로 손끝에 있었던 빵을 바라보며 우리의 허락을 기다렸다.

충격을 넘어서 마음이 파괴되는 느낌이었다. 마치 그 아이의 목소리가 들리는 것 같았다.

"저 빵은 누구의 것도 아니지만, 내 것도 아니야. 바로 눈앞에 있지만 먹을 수는 없어. 기다려야 해."

다급하게 그들에게 빵을 주려고 하는 순간, 더 놀랄 만한 일이 펼쳐졌다. 스페인 현지 코디네이터가 내 손목을 잡고 제지한 것이다. 그리고 말했다.

"이들에게 한번 음식을 주기 시작하면, 이 시장 전체 집시들이 몰려와서 빵을 달라고 할 거야. 주지 않는 것이 좋아."

고작 네 살 정도로밖에 안 보이는 소녀였다. 그 나이

의 눈은 호기심과 총명함으로 가득 차 있어야 했다. 하지만 아이의 눈빛에는 내가 평생 느끼지 못했던 온갖 감정이 들어 있었다. 그 나이의 아이가 가져서는 안 될, 가질 필요가 없는 것이었다. 속이 비틀어졌다. 내가 받는 출연료라면 그 아이에게 따뜻한 밥을 몇 끼 정도 사줄 수 있었다. 그 정도가 아니더라도, 적어도 우리가 먹을 생각이 없어 치워놓았던 빵은 그들에게 목숨과 직결된 식량이 될 수 있었을 것이다. 난 결국 그 아이에게 아무것도 주지 못했다. 나 역시 도저히 밥을 먹을 수가 없었다.

스페인과 모로코에서의 경험은 내가 갖고 있던 삶의 철학을 송두리째 흔들었다. 그 전까지 나는 돈으로 행복을 살 수 없다고 생각하던 사람이었다. 하지만 세상은 행복을 위해 돈을 요구하고 있었다. 그게 현실이었다. 돈은 행복과 무관하지 않았다. 한 인간이 최소한의 행복을 누리기 위해선 분명 최소한의 돈이 필요했다. 그렇다고 해도 돈의 양이 행복의 크기와 비례한다고 생각할 수는 없었다. 삶을 유지하는 데는 분명 일정한 돈이 필요하지만, 그걸 넘어선 많은 돈이 행복과 직결되지는 않는다고 여전히 믿었다. 어린 시절 내 책장에 꽂혀 있던 위인전 속 인물들 대부분은 부자가 되는 것보다 더 큰 가치를 추구하며 살아온 사람들이었다.

내가 생각하는 진정한 영웅이란 자신이 가진 것을 주변과 나눌 줄 아는 사람들이었다.

돈과 행복의 균형에 대해 고민한 끝에, 필요 이상의 재화는 정말로 절실한 사람들에게 나눠주기로 했다. 내가 갖고 있었으면 그저 여분의 재산에 불과했을 것이 다른 누군가에게는 빛을 발할 자원이 됐다. 그러한 과정을 통해, 나에 대해 좀 더 잘 알게 되었다. 내가 어떤 것에 진정으로 뿌듯함과 자부심을 느끼는지, 무엇이 나에게 행복을 안겨주는지 그제야 선명해졌다. 돈으로 행복을 사는 나만의 방법을 깨우쳤다.

그 소녀는 이제 어엿한 청소년이 되어 있을 것이다. 어디에선가 잘 살고 있다면 이 말을 꼭 전해주고 싶다.

"나에게 진정으로 행복을 찾는 방법을 알려줘서 감사합니다. 당신 덕분에 내 인생이 달라졌어요."

조금
이상한 인생이
최고의
인생

SBS의 특집 기획 다큐멘터리 촬영차 해외에 갔을 때의 일이다. 프로그램의 제목은 〈세상의 모든 다큐〉였다. 제목 그대로 세상의 모든 다큐멘터리를 직접 취재하고 해외 방송의 제작 과정을 체험해보면서 그들과 우리의 생각 차이를 조명해보는 것이 기획 의도였다. 레바논, 일본, 네덜란드 등 대륙별 다큐멘터리에 대해 알아봤지만, 그중에서도 나의 가장 큰 관심을 끌었던 건 단연 노르웨이의 것이었다. 백야의 나라, 노벨상이 시상되는 나라, 연어의 나라로 더 친숙한 노르웨이. 이곳에는 아주 특별한 방송이 있다.

"〈슬로 티브이Slow TV〉입니다."

〈슬로 티브이〉? 모든 장면을 슬로모션으로 트는 방송인가? 선사시대의 느린 삶을 알아보는 방송인가? 뭐가 느리다는 것이지, 대체?

놀라운 것은 이 〈슬로 티브이〉의 인기가 대단해서 노르웨이 인구 500만 명 중 무려 320만 명이 시청할 정도로 높은 시청률 기록을 갖고 있고, 기네스 기록도 있다는 것이다. 대체 무슨 방송이 기네스 기록까지 갖고 있단 말인가……. 온갖 추측을 해봤지만, 도무지 파악할 수 없었던 프로그램의 실체는 의외로 그 모든 상상의 반대편에 있었다. 아무런 연출도, 편집도, 기획도 들어가지 않는 방송. 있는 그대로를 송출하는 방송. 그게 〈슬로 티브이〉였다.

어느덧 데뷔 8년 차였던 2015년의 박재민은 당시 〈출발 드림팀〉을 비롯하여 활발하게 방송 활동을 하고 있었다. 모든 것이 연출과 편집, 기획으로 이루어져 있는 방송에 출연하는 것이 내 직업이었다. 이 시기의 내 생각은 그랬다. 시청률은 출연자들이 더 열심히 하면 오른다고. 또한, 모든 방송에서 하는 모든 말에는 의도가 있어야 하며 그 목적대로 시청자들의 마음을 움직일 수 있을 거라고……

〈슬로 티브이〉는 내가 평생 해왔던, 배워왔던 방송과 정반대였다. 이 다큐멘터리의 첫 작품은 기차였다. 기차 정면과 측면에 카메라를 한 대씩 설치하고, 기차가 운행하는 길을 일곱 시간 동안 어떤 조작이나 편집도 없이 비춰줬다. 끝없는 철로와 순식간에 지나가는 자연경관, 그게 다였다. 간혹 중간에 정차하면 기차역에 있는 사람들을 비추기도 했지만, 거기에도 어떠한 편집이나 제작자의 개입이 없었다. 줄거리나 주인공도 없고, 극적인 장면도 없었다. 어찌 보면 보안용 CCTV에 가까울 정도의 방송이었다. 그런데도 결과는 대박이었다. 노르웨이 전 국민의 25퍼센트에 가까운 사람들이 그 장면과 함께했다.

누군가는 이런 궁금함이 들 수도 있겠다. 이런 대담한

시도를 할 수 있는 건 혹시 상업 채널이었기 때문일까? 아니다. NRK라는 노르웨이 국영 방송국이 〈슬로 티브이〉를 송출한다. 그렇다면 노르웨이에 채널이 적은 건 아닐까? 아니다. 노르웨이에는 지상파 방송 채널만 다섯 개다. 즉, 이것은 시청자들의 어쩔 수 없는 선택이 아니라 그들이 적극적으로 고르고 골라 시청한 방송이었다. 무려 일곱 시간 동안이나 말이다!

탄력이 붙은 〈슬로 티브이〉는 두 번째 시리즈를 공개했는데, 바로 노르웨이 해안선을 따라 7일간 이동하는 유람선 생중계였다. 배가 가는 길을 배의 관점에서 7일이나 생방송으로 내보낸 것이었단 말이다!!! 결과는? 기차보다 더 대박이었다. 시청률이 얼마나 높았는지, 유람선의 마지막 정박지에서는 왕비가 직접 배를 타고 와서 손을 흔드는 모습까지 포착될 정도였다. 한 나라의 왕비를 불러내는 방송 프로그램이라니! 부럽다!!!

유람선 편의 수많은 장면 중 가장 높은 시청률을 기록한 건 바로 뭍에 있는 소 한 마리가 카메라에 잡힌 순간이었다. 배가 이동하는 경로를 따라 움직이는 화면 안으로 소 한 마리가 들어왔는데, 사람들은 이 장면에서 이런 생각을 하기 시작했을 거다.

'어? 소가 있네? 물에 안 빠질까? 저 소가 이제 뭘 할까? 풀을 뜯어 먹을까? 수영을 할까? 가만…… 다른 소들은 다 어디로 갔지? 그러고 보니 소를 본 지 오래됐군.'

슬금슬금 물가를 거니는 소 한 마리를 카메라가 무려 10분이나 비추는 동안, 사람들은 저마다의 이야기를 만들어내기 시작했다. 누군가는 소에 집중했고, 누군가는 소 뒤에 있는 건물에 집중했다. 어떤 이는 물에 집중했고, 다른 이는 아무 생각 없이 그 화면을 바라보았다. 중요한 것은 이야기를 만들어간 것이 바로 시청자였다는 점이다. 이에 대해 〈슬로 티브이〉의 제작자인 토마스 헬륌은 이렇게 말했다.

"무슨 일이 일어날지 절대 계획하지 않습니다."

제작자가 방송의 흐름을 계획하지 않는다니! 이건 가히 방임 혹은 직무 유기가 아닌가!!! 그것은 나의 오만한 생각이었다. 그 소가 나오는 동안, 순간 시청률은 40퍼센트에 가까운 수치를 기록했다. 내가 출연한 〈출발 드림팀〉의 가장 높은 시청률이 12퍼센트 정도인데, 명함도 내밀 수 없는 수준의 뜨거운 반응을 그 소 한 마리가 끌어낸 셈이었다. 핵심은 아무리 좋은 방송도 제작자는 판을 깔아줄 뿐, 이야기는 시청자들의 몫이라는 것이었다.

그러한 〈슬로 티브이〉에 직접 출연할 기회가 생겼다. 바로 〈세상의 모든 다큐〉를 통해서 말이다. 내가 등장할 에

피소드는 2박 3일 동안 쉬지 않고 찬송가 900곡을 부르는 거였다. 성탄절에 맞춰 진행된 방송이었고, 합창단은 계속 바뀌지만 노래는 끊이지 않는다고 했다.

"찬송가요? 심지어 노르웨이어로요? 제가 지금 절에 사는데⋯⋯."

절에 사는 한국인 남자가 노르웨이어로 찬송가를 불러야 하는 상황이라니⋯⋯. 심지어 생방송에서⋯⋯. 더 기가 막힌 것은 내가 정중앙에서 솔로 파트를 소화하고 합창단 전체를 이끄는 솔리스트 역할을 맡아야 한다는 점이었다. 그래서 대답했다!

"당연히 해야죠. 하하."

출연료 앞에서 누가 못 한다고 하겠는가. 그렇게 생방송 합창이 시작되었다. 결과는 큰 실수 없는 성공이었다. 노르웨이의 가장 인기 있는 프로그램에 한국인 최초로 출연하게 되다니, 이루 말할 수 없이 영광이었다. 더군다나 시청률 또한 대박을 터뜨렸다.

〈슬로 티브이〉를 알게 된 후로 한동안 한국에서 방송을 할 수가 없었다. 특히 시청자들을 웃겨야 하는 예능을 더는 할 수가 없었다. 시청자들을 내 의도대로 웃기고 움직일 수 있다는 생각에 제동이 걸린 것이다. 내가 정말 유머

감각이 뛰어난 사람이었다면 모를까……. 그런 성향도 아니었다. 예능을 '열심히'는 했지만, 타고나게 웃긴 사람은 아니었다. 솔직히 이야기하자면 예능이 점점 무서워졌다. 시청률에 집착하는 내 모습도 감당하기 힘들었다. 〈슬로 티브이〉에서 직접 보고 겪은 방송의 철학은 내가 평생 지켜왔던 방송에 대한 자세를 완전히 바꿔놓았다.

시간이 벌써 10년 가까이 지났다. 그사이 나는 또 변했고, 이제는 예능을 그때처럼 무서워하지는 않는다. 다만, 예전처럼 꾸며낸 모습을 보이지 않고, 시청자들을 내 의도대로 움직일 수 있다는 건방진 생각 또한 하지 않는다. 그저 있는 그대로의 모습을 최선의 자세로 선보이면 되고, 모자란 부분은 시청자들이 직접 채워주실 거라고 믿고 있다. 이야기를 완벽하게 만들 필요도, 웃음을 자아내기 위해 발을 동동거리며 애쓸 필요도 없이 힘을 빼고 솔직하게 임하려 한다. 모두가 빠르고 완벽할 필요는 없지 않은가. 오히려 느리고 이상한 것이 사람들의 선택을 받을 때도 있다. 〈슬로 티브이〉처럼 말이다.

이렇게 방송을 하는 자세가 달라지자 예능 프로그램에 더 많이 섭외되기 시작했고 방송 일도 더 활발해졌다. 무엇보다 스스로가 편해졌다. 누군가는 드림팀에 나오던 박재민이 지금의 박재민보다 훨씬 웃겼다고 평하기도 한다. 그래도 나는 믿는다. 내가 가장 나다울 때, 꾸미지 않을 때 시청자들도 가장 편안하게 봐주실 것이라고. 그렇게 사는 삶이야말로 가장 행복한 것이라고.

2024 강원 청소년 동계올림픽을 위해 강원도로 가는 KTX 기차 안에서 문득 〈슬로 티브이〉가 떠올랐다. 그 경험이 나에게 어떤 영향을 미쳤는지 적어보다가 잠시 고개를 들어 글을 쓰는 동안 보지 못했던 창밖을 봤다. 차들도 더러 지나가고 새들도 무리 지어 날아가고 있었다. 잊고 있었던 편안한 풍경이었다.

기차는 빠르지만, 풍경은 느리다. 〈슬로 티브이〉가 바로 이 기차 안에도 존재하고 있었다. 가공되지 않은 세상의 순수한 모습이 지금 내 앞에 펼쳐지고 있었다.

〈슬로 티브이〉의 토마스 헬륌은 한 강연에서 이러한 말로 마지막 인사를 했다.

"조금 이상한 인생이 바로 최고의 인생입니다."

남들이 이상하다고 해도, 내가 이상하지 않은 하루. 꾸밈없는 그대로의 날들. 느리지만 꽉 찬 삶. 그러한 인생을 살고 싶다.

모닝 코피의
행복

코피좌. 2023년 4월 이후로 나에게 붙은 또 하나의 별명이다. 기억하는 분이 계실지도 모르겠다. 생방송 중에 코피를 흘리는 MC가 나오는 짤막한 동영상을……. 그게 나다.

특별할 것 하나 없는 평범한 날이었다. KBS 2TV 아침 생방송인 〈해 볼만한 아침〉에서 열심히 정보를 전달하고 있었다. 문제는 1부에 발생했다. 갑자기 왼쪽 코에서 코피가 주룩 흐르기 시작했다. 황급히 코너를 마무리하고 중간 광고를 보고 왔는데도 코피는 멈추지 않았다. 다시 한번 주룩……. 아니, 주루룩이 맞겠다.

"아, 생방송인데……."

시청자들의 코멘트가 폭발적으로 달리기 시작했다. 순간 시청률이 역대 최고를 찍기도 했다. KBS 사장님도 실시간으로 보다가 깜짝 놀라셨는지, 다음 날 '코피 대신 커피'라는 문구가 새겨진 커피를 제작진 전체에게 돌리셨다. 비타민, 베개 협찬 요청이 들어오는가 하면, 해외에 사는 팬들로부터 현지 뉴스에 나왔다는 소식도 들었다. 아침 7시에 흘린 코피가 이렇게 큰 반향을 불러일으킬 줄이야.

다들 내 건강에 대해 걱정했지만, 사실 코피를 흘린 이유는 따로 있었다. 바로 육아 때문이었다.

2023년 4월은 우리 둘째가 태어난 지 70일 정도 되던 때였다. 아이를 키워본 부모들은 알겠지만, 잠을 포기해야 하는 시기다. 새벽에 잠을 자지 않는 아이를 오롯이 부모의 체온으로 달래줘야 한다. 어찌 보면 아이를 가장 오래 안아 볼 수 있는 시기이기도 하다.

코피가 난 날은 정확히 이틀 밤을 꼬박 새우고 3일째 가 되는 날이었다. 하필 축농증까지 걸려서 코 상태가 더 이상 나쁠 수 없을 정도로 안 좋았다. 코점막이 파업한 기 분이었다. 콧물은 끝도 없이 두개골 안에 쌓이는데, 코는 사하라사막만큼 건조했다. 툭 하고 건드리면 코피가 날 수 밖에 없을 정도로 바짝 말라 있는데 잠까지 못 잤으니……. 이놈의 코피라는 녀석이 얼마나 세상에 자신의 존재를 알 리고 싶었겠는가. 그렇게 난 코피좌가 되었다.

육아라는 것은 부모의 생명을 떼어 아이에게 전해주 는 과정인 것 같다. 부모의 희생이 강요되어서는 안 되겠지 만, 분명 헌신이라는 영양분이 풍요로울수록 아이는 더 건 강하게 자란다. 아이에게 모든 것을 해주고 싶은 마음. 내 모든 것을 줘도 아깝지 않고, 오히려 부족하다고 느끼는 마 음. 내 목숨과 맞바꾸어서라도 아이를 구할 수 있다면 마땅 히 그런 선택을 할 수 있는 마음. 아빠가 되고 느낀 감정들이다.

　모든 생명체에게는 두 개의 본능이 있다고 한다. 종족 번식의 본능 그리고 생존의 본능. 그중 생존의 본능은 그 무엇보다도 강해서 어떠한 상황에서도 살아남고자 하는 의지를 발휘한다. 하지만 내 목숨보다 더 소중한 존재가 있다는 걸 알게 되었다. 생존의 본능을 거스르는 사랑이 생겼다. 위험한 상황이 닥쳤을 때 아이보다 자신을 먼저 챙기는 부모는 없을 것이다. 아이는 내게도 그런 존재다.

　졸리면 잘 수 있는 시기가 있었다. 운동을 하고 싶으면 운동을 할 수도 있었다. 여행을 가고 싶으면 여행을 갈 수도 있었다. 지금은 다르다. 졸린다고 잘 수 있는 삶은 더는 존재하지 않는다. 아이가 자고 난 후에 졸려야 하고 아이의 시간에 맞춰 깨어나야 한다. 철저하게 '나'가 아닌 '너'가 기준이 되어버린 삶. 그것이 40대 박재민의 삶이다.

　부모로서 살다 보니 종종 나에 대해서도 돌아보게 된다. 이전에는 알지 못했던, 느끼지 못했던 감정으로 나를 바라본다. 온전히 나의 것이라고 느껴졌던 삶이 사실은 부모님께 받은 것임을 이제야 깨닫는다. 부모가 되기 전까지는 부모를 이해할 수 없다고 누가 말했던가. 새벽마다 깨는 나를 안고 분유를 먹이셨을 30대의 젊은 부모님을 떠올리면 당신들의 삶 또한 얼마나 고단했을지를 새삼 느낀다.

누군가는 물을 수도 있겠다. 그렇게 힘든데 아이를 왜 낳았느냐고. 그런 질문에는 이렇게 답하고 싶다. 아이를 낳아 기른다는 것은 형언할 수 없는 행복을 안겨준다고.

육아를 굳이 직업으로 분류한다면 서비스업에 해당할 것이다. 그중에서도 가장 고된 서비스업 아닐까. 업무의 강도는 높은데 금전적인 보상이 없다. 이 업종은 돈 대신 다른 보상을 조용히 건네준다. 바로 세상 그 어떤 존재도 제공해줄 수 없는 절대적 행복이 그것이다. 열정 페이가 사회적 문제가 된 적이 있었지만, 만약 그 열정 페이가 내 아이들을 키우는 것에 대한 보상이라면 난 50년이고 100년이고 무급으로 일할 수 있다. 심지어 생방송 중에 코피를 흘리게 되더라도 말이다.

지금 누가 나에게 가장 좋아하는 일이 무엇이냐 묻는다면, 난 당연히 육아라고 답할 것이다. 세상에서 가장 아름다운 서비스업. 세상에서 가장 행복한 급여를 받는 일.

오늘도 잠든 두 딸에게 나지막이 인사를 건넨다.

"고마워. 아빠 삶을 완벽하게 채워줘서…… 사랑해. 잘 자."

에필로그

해고解雇

고용주가 고용 계약을 해제하여 피고용인을 내보냄.

해고당했다. 프리랜서가 무슨 해고를 당하느냐 물을 수도 있겠지만, 말 그대로 해고를 당했다. 이 책을 쓰는 데 2년이라는 꽤 오랜 시간이 걸렸다. 책을 쓰는 동안 영화를 두 편 찍기도 했고, 그 외에도 방송 촬영, 행사와 강연으로 정신없이 시간을 보냈다. 무엇보다 책을 쓰는 사이, 둘째가 태어났다. 정말이지 하루가 어떻게 흘러가는지도 모를 정도로 바빴다.

그 모든 것이 일순간에 멈췄다. 아니, 정확한 표현은 멈춤을 당했다가 맞겠다.

"프로그램 폐지가 확정되었습니다."

"아, 네⋯⋯."

가장 먼저 들은 소식은 2년 가까이 진행했던 KBS 2TV의 〈해 볼만한 아침〉 폐지였다. 코피까지 쏟으며 심혈을 기울였던 방송이었기에 애착이 남달랐다. 하지만 아무리 최선을 다해도 방송의 수명은 내가 어찌할 수 있는 부분이 아니다. 겸허한 수용, 그것만이 내가 할 수 있는 일이다.

"저희 프로그램이 잠정적으로 폐지가 되었어요."

"아, 이것도……."

뒤이어 들려온 소식은 6년 동안 진행했던 KBS 유튜브 〈조손의 느바〉 중단이었다. 현실은 촬영 중단이었지만, 사실상 폐지였다. 〈조손의 느바〉는 대한민국에서 농구 기자이자 해설 위원으로 가장 유명한 두 사람, 손대범과 조현일의 이름을 따서 만든 NBA 리뷰 방송이었다. 출연료를 정확하게 밝히기는 그렇지만, 차에 기름을 가득 채우지도 못하는 돈을 받으면서도 모든 출연진이 6년간 꿋꿋하게 자리를 지켜왔을 정도로 애정을 가지고 있었다. 특히나 대한민국 공영방송의 유튜브 채널에서 전달하는 미국 프로 농구 소식이라니. 〈조손의 느바〉 덕분에 KBS 농구 해설 위원으로 발돋움할 수 있었고, 더 나아가 NBA 해설 위원으로도 이름을 올릴 수 있었다. 그런 〈조손의 느바〉도 수명을 다하고 말았다. 또 한 번의 겸허한 수용이 필요했다. 그게 방송이니까…….

프로그램의 수명은 내가 관여할 수 없다. 난 그저 내 위치에서 할 수 있는 과제를 묵묵하게, 최선을 다해서 수행하면 된다. 난 온 힘을 다했고, 그 작품들은 빛을 내면서 막을 내렸다.

불과 며칠 사이에 들려온 두 개의 프로그램 폐지 소식 보다 더 큰 충격은 학교에서 해고 통지를 받은 거였다. 한 예술대학교에서 실용댄스 전공의 학과장을 맡고 있었다. 댄스 전공이 없는 학교에 해당 과를 유치하고 싶다는 학교 의 연락을 받았었다. 기존에 강의를 나가고 있는 학교가 이 미 있었기에 고민이 많았지만, 학교의 비전과 내가 꿈꾸던 교육 가치가 일맥상통하는 부분이 많아 숙고 끝에 승낙하 고 전공 설립에 박차를 가했다. 교육 목표와 가치 정립부터 커리큘럼 설정, 교수의 섭외와 심사, 학생들의 교육과 상담 까지……. 학과장이라는 위치는 지금까지 쌓아온 모든 경 험과 가치를 쏟아붓는 자리였다. 진심으로 학과가 잘되기 를 바라는 마음으로 열심히 일했고, 학생들을 아끼고 사랑 했다. 가슴 아픈 이야기에 같이 울어주었고, 학생들이 더 넓 은 세상을 알아갈 수 있는 길이라면 주저하지 않고 전화를 돌려 그 길로 가는 방법을 알아냈다. 결과는…… 1년도 채 되지 않은 어느 날의 해고 통보였다.

"박재민 교수님과는 재계약을 하지 않기로 했습니다. 오늘부터 출근을 안 하셔도 됩니다."

"예……?"

이유는 알 수 없었다. 명확한 대답을 해줄 것 같지 않 아 물어볼 생각도 하지 않았다. 들리는 이야기에 따라, 학교에 댄스 전공을 설립하기 위한 목적으로 섭외가 되었다가 학과가 예상보다 빠르게 안정이 되자 필요 없어졌다는 추측만 할 수 있을 뿐이었다. 진짜 이유가 궁금하다는 마음보다 더 크게 나를 사로잡은 것은 슬픔이었다. 진행하던 프로그램들이 줄줄이 폐지된 것도 마음 아팠지만, 학교에서 해고를 당한 것은 차원이 달랐다. 프로그램은 언젠가 끝이 날 수 있다는 기본 명제가 깔려 있었지만, 학교는 그렇지 않았다. 특히 학생들을 더 지도할 수 없다는 것이 가장 속상했다. 아직 해줘야 할 말들이 너무 많은데……. 가르쳐야 할 것들이 남았는데……. 상담도 채 끝나지 않았는데……. 학교의 결정은 단호했다. 말 그대로 끝이 났다.

프리랜서의 삶이라는 것은 언제나 취업과 해고의 연속이다. 방송 섭외가 그렇듯이 어느 날 불현듯 큰 기회가 찾아오지만, 방송 폐지가 그렇듯이 준비되지 않은 시기에 갑자기 직장을 잃게 된다. 때로는 큰 수입이 따르기도 하지만, 종종 수입이 전혀 없는 길고 혹독한 시간을 견뎌야 한다. 때로는 운 좋게 금방 다른 일이 생기기도 하지만, 때로는 갑자기 모든 일자리가 끊기기도 한다.

되돌아보면 이렇게 큰 시련은 언제나 있었다. 가장 최근에는 코로나19로 인한 영화 촬영 취소와 방송 폐지, 행사

중단 등으로 〈조손의 느바〉를 제외하고는 1년 넘게 일을 못 하기도 했다. 긴 시간 끝에 찾아온 〈해 볼만한 아침〉이라는 프로그램은 선물이었고 축복이었다.

이제 다시 긴 터널 앞에 서게 되었다. 얼마나 길지 알 수도 없는 터널. 난 언제나 불안 속에서 평안을 찾아왔고, 어둠 속에서 빛을 찾아냈다. 긴 터널의 끝에는 늘 또 다른 삶이 기다리고 있었고, 그 끝에서 만나게 되는 도전들은 반가웠다. 난 잘될 것이다. 분명 그럴 것이다. 특히나 지금은 잘될 수밖에 없고 잘되어야 한다. 내 곁을 언제나 지키고 있는 가족들이 있기 때문이다. 이게 내가 멈출 수 없는, 쓰러져서는 안 되는 이유이다.

해고라는 글자를 뒤집으면 고go 해!

아니, 굳이 뒤집을 필요도 없다.

해고를 조금만 다르게 보면 헤이hey 고go가 되니까.

앞으로 보나 뒤로 보나 해고는 나에게 다시 한번 고go 하라고 손짓한다.

그래, 한번 더 고go 해보자! 헤이hey 고go!!!

좋아하는 것을
더

좋아하다 보니

초판 1쇄 인쇄 2024년 7월 8일
초판 1쇄 발행 2024년 7월 15일

지은이 박재민
펴낸이 김화정

책임편집 이소중
디자인 박연미
인쇄 미래피앤피

펴낸곳 mal.lang
출판등록 2015년 11월 23일 제25100-2015-000087호
주소 서울시 중랑구 중랑천로 14길 58, 1517호
전화 02-6356-6050   팩스 02-6455-6050
이메일 ml.thebook@gmail.com

© 박재민, 2024
ISBN 979-11-983478-5-5 (03810)

《좋아하는 것을 더 좋아하다 보니》를 통해 박재민을 마주하고 있노라면, 이 사람은 인생이란 링 위에 올라오는 도전들을 정답으로 이겨내고 있다는 생각이 든다. 우리는 안다. 답을 안다고 해도 그 답안대로 사는 것이 어렵다는 것을……. 이 책은 두려운 마음으로 링 위에 올라선 평범한 우리가 쓰러지지 않고 균형 있는 답을 내릴 수 있도록 도와준다. 그리고 그 링에서 내려올 때 기쁜 마음으로 후련하게 뒤돌아서는 법을 알려준다.

김민석(가수, 멜로망스)

좋은 글을 쓴다는 것은 결코 쉬운 일이 아닙니다. 특히 수필은 작가의 주관적 입장에서 쓰는 글이기 때문에 자칫 자화자찬에 빠질 수도 있습니다. 따라서 작가의 공정하고도 객관적인 균형 감각이 절대로 필요한 장르입니다. 박재민은 이 책에 왕성하게 활동하는 배우로서, 다양한 일을 하는 사람으로서, 남편과 아빠로서 경험하고 생각한 바를 냉철한 이성과 따뜻한 감성을 바탕으로 진솔하게 서술합니다. 이 정도면, 박재민이 수필가로서 멋지게 출발한 것 같습니다. 생각하고 행동하는 사람 박재민의 또 다른 도전이자 새로운 시작을 축하합니다. 아울러 독자 여러분의 따뜻한 성원을 부탁드립니다.

이순재 (배우)

도전이란 새로운 나를 발견하는 또 하나의 과정이라고 생각합니다. 방송인이자 N잡러인 박재민은 끊임없는 도전을 통해 계속 자신을 찾아가는 것 같습니다. 이 책을 통해 성공도, 실패도 모두 겪으면서 기어코 성장하고 마는 박재민을 만났습니다. 알고 있었지만, 다시금 그의 열정에 감탄했습니다. 오늘도 무언가에 또 도전하고 있을 박재민을 응원합니다. 그리고 이 책을 통해 용기를 얻고 새로운 도전을 이어갈 여러분도 함께 응원합니다.

김연경 (배구 선수)